아모르
파티

64
푸른사상
소설선

아모르파티

초판 1쇄 인쇄 · 2024년 12월 10일
초판 1쇄 발행 · 2024년 12월 20일

지은이 · 김세인
펴낸이 · 한봉숙
펴낸곳 · 푸른사상사

주간 · 맹문재 | 편집 · 지순이 | 교정 · 김수란, 노현정 | 마케팅 · 한정규
등록 · 1999년 7월 8일 제2-2876호
주소 · 경기도 파주시 회동길 337-16 푸른사상사
전화 · 031) 955-9111(2) | 팩스 · 031) 955-9114
이메일 · prun21c@hanmail.net
홈페이지 · http://www.prun21c.com

ⓒ 김세인, 2024

ISBN 979-11-308-2198-6   03810
값 18,500원

* 이 책은 세종특별자치시 전문예술창작지원금 일부를 지원받아 제작되었습니다.

아모르 파티

Amor Fati

김세인 소설집

2016년『동숙의 노래』이후 9년 만에 창작집을 발간하게 되었다. 발표한 지 오래된 작품은 이번에 묶으면서 몇 군데 수정했다.

여기에는 한국사를 총체적으로 살펴본다는 취지로 한국작가회의 소설분과 소속 소설가들이 공동 발간한『소설로 읽는 한국의 여성사』『소설로 읽는 한국의 음악사』『소설로 읽는 한국의 문학사』에 실었던 필자의 작품들도 포함되어 있다.

역사의 뒤안길로 사라진 인물이든 현존하는 인물이든 이 글에 등장하는 인물들에게 작가가 구현한 공통점이 있다.

'고통을 포용하고, 이를 통해 의지를 드러낸다.'

죽음으로 한 삶의 역사가 마감되었지만 남은 자들이 기억해줌으로써 죽은 자의 '의지'가 살아 있는 것이다.

'그런데 깨어보니 나 혼자더군. 그 새는 날아가버린 거였어.(And when I woke, I was alone. This bird has flown.)'

그렇지만, '님은 갔지마는 나는 님을 보내지 아니하였습니다.'

그리하여, 나는 모든 죽어가는 것들을 사랑하기로 했어, 라고 이 글의 인물은 말하고 싶어 한다.

올 사월에 친정어머니가 돌아가셨다. 구순이 넘었으니 가실 때가 되었다고 말하는 조문객들의 위로를 받으며 의연한 마음으로 장례를 모셨다. 그러나 차츰, 묵은 슬픔까지 덧났다. 술이 익듯이 슬픔이 괴어 올라서 의식의 과잉 상태가 나를 지배했다.

'한 발 제겨 디딜 곳조차 없는.'

이런 즈음에 울산 장생포 아트스테이에 입주하게 되었다. 공기도 낯설고 주변 사물들도 낯설고 억양도 매우 낯설어서 외계에 온 것 같았다. 나는 누구이며 여기 왜 와 있나, 질문하면서, 그동안 발표한 작품을 정리하며 작가로서 삶을 되찾았다.

장생포 아트스테이, 길마지 문우들, 그리고 부족한 글을 세심하게 보아주시고 해설을 해주신 이덕화 선생님과 추천의 글로 용기를 주신 김종성 선생님께 마음을 다하여 깊이 감사드린다.

2024년 늦가을에
김세인

차 례

둥지, 묘지 그리고 님의 침묵

방 안엔 어둠이 고여 있었다. 벽을 더듬어 스위치를 눌렀다. 침대 위에 베개와 이불이 얌전하게 개켜 있었다. 침구는 희다 못해 창백했다. 청결 그 이상의 무슨 의도가 있는 것은 아닌지, 베개를 들고 냄새를 맡아보았다. 세탁소에 맡겼다가 찾았을 때의 냄새가 났다.

　버티컬 블라인드를 젖혔다.

　창문 밖 난간에 매여 있는 빨랫줄이 눈에 들어왔다. 이윤기의 소설, 「손님」 속의 빨랫줄이 생각났다. 어머니의 기일에, 망자가 집에 들어오는 데 방해가 된다며 마당의 빨랫줄을 걷는 내용이다. 좋은 소설은 지치고 불안한 영혼에 힘이 된다. 나는 소설을 읽으며 위로받는 사람을 신뢰한다.

　클립이 빨랫줄을 물고 있었다. 광택을 품은 초록색 클립은 흡사 풍뎅이가 나무줄기에 붙어 있는 듯했다. 나는 모모 선배를 소환한다. 이미지가 관념을 표현하기 위해 동원된 것을 비유적 이미지라고 말한 사람은 김춘수라고, 이미지가, 이미지 그 자체를 위해 존재하는 것을 서술적 이미지라고 그는 말했다. 이미지, 존재, 서술적 이미지, 이런 개념어들과 나의 감정을 어떻게 배치하고 숨겨야 한 편의 시가 되는지 나는 모른다. 그러면서도 나는 시인의 자격으로 이곳에 왔다.

창문을 열었다. 침입하듯이 들어온 바람에서 솔향이 난다 했더니, 도로 건너에 산이 있었다. "산이 좋아 산에 사네." 시는 한 줄도 못 쓰면서 감정이 일어날 때마다 내 입에서 시가 튀어나왔다. 나는 맨발을 내밀었다. 발가락부터 정수리까지 찬 기운이 나를 깨운다, 입을 벌린 채 서 있는 내 안으로 바람이 들어온다. 산에 사는 살아 있는 바람이다. 산바람이 찾아오는 이곳은 발코니인가, 아니면 테라스인가.

내 머릿속에 문장이 떠오른다.

'그는 테라스로 나와서 다시 그 고독 속의 정경으로 잠겨 들어갔다.'

『새들은 페루에 가서 죽다』의 첫 문장이다. 이 작품에서 새들이 죽고, 이 작품을 쓴 작가는 스스로 생을 마감했으며 모모 선배도 죽었다.

모모는 그의 필명이며 나와 동갑이다. 복학생으로 나보다 학번이 높을뿐더러 그 모임의 리더 역할을 하고 있어서 나는 그를 '모모 선배'라고 불렀다.

나는 유치원 보조 교사 일을 하다가, 대학의 유아교육과에 들어갔다. 늘 책을 들고 다니는 나를 보고 누군가가 문학동아리 '둥지'로 인도했고 그곳에서 모모 선배를 만났다.

그는 물론이고 회원 대부분이 문창과생이었다. 모두 '모모 선배'를 잘 따랐으며 문학에 대한 열의가 상당해서 출석률이 높았다. 내가 들어간 이듬해에는 한 명이 중앙지에 소설로 당선해서 나갔다.

"등단하고 빛나는 졸업장을 받고 나간다."라고 입버릇처럼 말하면서도 모모 선배는 아직 멀었다며 투고를 하지 않고 등단 재수생으로 남았다.

모모 선배가 당선 통보를 받은 것은 4학년 겨울방학 때였다. 자기 일처럼 기뻐하며 동아리 회원들이 축하 파티 자리를 마련했고 나도 그 자리에 나갔다.

그런데 선배의 친구가 자신의 소재를 모모 선배가 빼앗아 갔다고 문제를 제기했다.

둥지 모임 초창기 때의 일이라고 했다. 술자리에서 문제의 그 친구가 농담을 했고, 모모 선배는 그 소재로 시를 써보라고 했다.

"쟤는 아무거나 다 시가 된대. 그렇게 좋으면 네가 써."

"정말 내가 쓴다?"

모모 선배는 그 친구에게 천 원을 주며 말했다.

"이거 받아. 소재 값이야. 나중에 군말하기 없기다?"

"오케이!"

그런데 그 작품으로 모모 선배가 당선되자, 그 친구가 이것을 문제 삼고 나선 것이었다.

모모 선배는 만에 하나라도 시비에 말릴까 봐, 이런 사실을 신문사에 알렸다. 신문사에서는 잡음이 생기면 곤란하다며 당선을 취소하고, 차선으로 뽑아놨던 다른 작품을 당선작으로 발표했다.

이 일이 있은 후 동아리 방 분위기는 엉망이 되었다.

글 좀 쓴다는 회원들은 낙선한 후유증으로 패잔병처럼 널브러져서, 문학 때려치울 거라고 자조하면서도 모모 선배의 일을 떠들어댔다. 대부분 모모 선배가 억울하다는 쪽이었지만, 아니 땐 굴뚝에 연기 날까 하는 축도 없지는 않았다.

당선의 기쁨에 붕 떴다가 곤두박질쳐버린 신세가 된 모모 선배는 불명예를 남겨 폐가 많았다는 인사말을 남기고 떠났다고 했다.

추측이 난무했다.

"잠수 탔대."

"책 짐 짊어지고 지리산으로 갔대."

선배 없는 동아리 방은 이제 빈 둥지나 마찬가지라는 생각이 들었다.

졸업하고 나는 다시 유치원에 취직했다. 정교사 자격증을 얻으면 무언가 좀 달라질 거라 기대했는데, 예전 그대로여서 생이 벌써 지루해졌다.

가끔 둥지 시절이 생각났다. 책을 읽으며 문장에 밑줄 긋고 단어를 메모하고, 습작품을 썼었다.

내가 처음 시랍시고 제출했을 때, 회원들은 배고픈 하이에나처럼 내 습작품을 갈가리 찢었다. 나는 속옷 차림으로 광화문 한복판에 서 있는 기분이었다.

"초고는?"

"쓰레기다."

"초고는?"

"똥이다."

모모 선배가 선창하고 회원들이 답했다. 지치고 힘들지만, 함께할 수 있는 동지들이 있어서 다시 일어날 수 있었다.

남쪽에 봄이 오고 있다고, 봄 보러 가자고 둥지 회원들이 뭉쳤다. 꽃도 보고 강바람도 쐬고 밤에는 캠프파이어를 벌이고 시 낭송을 했다. 랭보, 버지니아 울프, 존 키츠, 로버트 프루스트 등이 별과 함께 찬란하게 빛나고 있었다.

"이영이!"

느닷없이 모모 선배가 나를 불렀고, 모두 그와 나를 번갈아 바라봤다.

"이영이 이름이 문학적이잖아, 아동문학가에게 어울리는 이름이지. 그래서 그냥 한번 불러봤어."

나이가 같아서인지, 아니면 정서가 비슷해서인지는 몰라도 그동안 모모 선배는 나를 여느 회원과는 다르게 대하긴 했었다.

시에는 재능이 없는 것 같고, 동화는 생각해본 적이 없고, 내 경험을 풀어내는 글을 써보기로 했다. 수필도, 소설도 아닌 어정쩡한 글을 몇 편 써냈을 때, 소설을 써보라고 모모 선배가 권했다. 쓰면 개인적으로 좀 봐줄 수 있겠느냐고 했더니 그러겠다고, 대신 자기 작품도 봐달라고 했다. 우리는 매주 작품을 써서 만나기로 했다. 한 편을 완성할 때도 있고 쓰다 만 적도 있었다. 매주 만나다 보니 글 쓰는 게 습관이 되었고 나는 점점 소설 습작이 재미있어졌다. 전공 과목은 과락만 면할 정도로 해두고 소설 습작에 매달렸다. 모모 선배에게 좋은 작품이라는 평을 듣는 게 일차적인 목표였고 등단은 그 후의 얘기였다.

모모 선배는 잘 지내고 있는지…… 우울한 시간을 보내던 겨울 끝자락의 어느 봄날, 구례에 매화꽃이 한창이라는 뉴스를 보았다.

구례에 있다고만 할 뿐 정확히 어디라고는 말해주지 않았지만, 나는 주말에 모모 선배를 만나러 가기로 했다.

구례에 도착해서 전화를 걸었다. 만일 받지 않으면 꽃구경이나 할 참이었다. 그는 전화를 받았고 한걸음에 달려 나왔다. 매화꽃도 보고, 우리의 첫 밤을 의미 있게 보내고 일요일 밤 기차로 올라왔다.

그는 시를, 나는 소설을 써서 메일로 전송했고, 받은 작품을 읽고 피드백을 보냈다. 한 달에 한 번씩 모모 선배가 올라오거나 내가 내려가서 작품 총평을 하는 동안 우리의 문학도, 사랑도 무르익어 갔다.

또다시 신춘문예 시즌이 되었다. 나는 겨우 소설이 뭔지 좀 이해하는 수준이었지만 모모 선배는 수준 높은 작품을 여러 편 가지고 있었는데도 투고를 미뤘다.

　나는 그와 결혼하고 싶었다. 그러나 그는 등단하고 나서 결혼하겠다고 버텼다. 그래서 나는 그에게 투고를 권했다.

　"표절했다고 내 이름을 기자들이 다 알지도 몰라. 한 해 더 습작할 거야. 완벽하게 좋은 시를 써서 두세 군데 투고할래. 그리고 결혼하자, 우리."

　나는 두 마리 토끼를 모두 잡고 싶었다. 그의 시는 이미 내 노트북에 다 저장되어 있었으므로, 그 시들을 인쇄해서 내 이름으로 투고했다.

　내 번호로 당선 통보가 왔다. 나는 모모 선배를 만나서 그 사실을 전했다. 뜻밖의 상황에 놀라고, 화를 내면 어쩌나, 신문사에 전화해서 취소하겠다고 나서면 어쩌나 하는 생각까지 들었다. 그러나 그는 별 반응이 없었다.

　나는 그의 눈을 바라보며 진심을 담아 고백했다.

　"사랑해!"

　그가 내 눈을 뚫어져라 바라보았다.

　"결혼하고 싶어. 그래서 그랬어. 용서해줘."

　"아니야. 잘했어. 나도 기뻐."

　그가 고개를 끄덕이며 내 손을 잡았다.

　"그런데, 나 불안해."

　"괜찮아, 선배. 잘 넘어갈 거야. 걱정 마."

　사실 나도 불안했다. 그래서 아무에게도 당선 사실을 말하지 않앐다.

그가 서울에 올라오고 있다는 문자가 왔다. 크리스마스도 함께 보내고, 새해 첫날에 신문에 나온 그의 시를 함께 읽을 생각을 하니 들뜨고 행복했다. 부랴부랴 침구를 세탁하고 장을 보아다 반찬을 만드는데 그에게서 전화가 왔다. 교보문고에서 책을 고르는 중이라고, 동아리 수업 끝나고 자주 가던 술집, '두더지'에서 만나자는 것이었다. 나는 꽃을 사 들고 '두더지'로 갔다.

길을 건너려고 서 있는데, 그가 보여서 나는 꽃을 마구 흔들었다. 그가 나에게로 달려오는데…….

나는 순간 정신을 잃었다.

병원에서 퇴원하고 나서, 물건을 찾아가라는 경찰의 전화를 받았다. 『자기 앞의 생』이라는 책이었고 '영이에게, 2008년 12월 24일 모모가.'라고 적혀 있었다.

새해 첫 신문에 모모 선배의 시가 내 이름을 달고 세상에 발표되었겠지만 나는 찾아보지 않았다. 나는 코끼리를 삼킨 보아 뱀처럼 지내면서 정신과 치료를 받았다.

2011년인 올해도 어김없이 신춘문예 공고가 났다. 모모 선배가 간 지 만 삼 년째이다.

모모 선배를 내 안에서 내보낼 방법을 여러 가지로 궁구하던 끝에 '문인의 집'의 정보를 알게 되어서 입주 신청했고 선정되었다.

들어오는 데까지는 성공했는데, 정해진 기간을 다 채우게 될지 걱정이다.

입주자로서 지켜야 할 규칙을 읽는다. 식사 시간을 지킬 것, 외부인을 들이지 말 것, 밤 열 시 이후에는 로비의 문을 잠그니 참고할 것, 이라고 적혀 있었다.

입주 이튿날 아침, 식사 시간에 맞춰 식당으로 갔다.

주방과 가까운 앞줄에 '문인석'이라는 팻말이 있었는데 그곳엔 아무도 없고, 한 줄 떨어진 뒤쪽 줄에 푸른 작업복을 입은 노무자 여남은 명이 식사하고 있었다. 나는 문인석에 앉아서 그야말로 마파람에 게 눈 감추듯이 식사를 마치고 올라왔다.

점심시간이 되자, 옆방 문 여는 기척이 났고 복도에서 작가들이 웅성거리는 소리가 들렸다. 그들을 대면할 자신이 없어서 나가지 않다가 점심시간이 거의 끝날 때쯤 식당에 갔고, 누가 올까 봐 거의 흡입하듯이 밥을 먹고 식당 뒷문으로 나갔다.

좀 걸으니 공사 중인 건물이 나타났다. 아침에 본 그 노무자들이 돗자리를 깔아놓고 벽에 기대어 담배를 피우고 있다가 나를 보자 주의 깊게 다시 보는 이들이 있어서 나는 고개를 숙이고 걸음을 재게 놀렸다. 건물을 막 돌아서는데, 어떤 남자가 오줌을 누는 것처럼 보여서 뛰었고, 뛰다가 넘어졌고, 일어나서 뒤도 돌아보지 않고 도망쳤다. 뒤에서 저기요! 하는 소리가 나는 것도 같았지만 그 말을 무시하고 더 빨리 뛰었다.

예전에, 어느 골목에서 길을 물으려고 어떤 남자에게 "저기요!"

했다가 "미친년!" 소릴 들은 적이 있었다. 그는 술에 취해 담벼락에 오줌을 누려던 모양인가 보았다. 그 뒤부터 나는 남자들이 두 손을 앞에 대고 서 있으면 미친년이 되지 않으려고 신경 썼다.

숙소 주변을 한참 쏘다니다가 돌아와 방문을 열려는데 아뿔싸, 열쇠가 없다. 아까 넘어졌을 때 빠졌고 그 남자가 그걸 주려고 불렀다는 게 그제야 계산되었다.

그 사람을 어디 가서 찾지? 열쇠를 들고 내 방으로 찾아오면? 이밤에?

그런 상상을 하던 끝에, 마스터키를 빌려야겠다는 데에 생각이 미쳤고, 로비로 내려갔는데, 책상에 404호 열쇠가 얌전하게 놓여 있었다.

이튿날은 공사장 반대 방향에서 산책을 했다.

넓은 계곡에는 제법 많은 물이 흘렀고, 강변에서나 볼 수 있는 닳고 닳은 돌들이 깔려 있었다. 돌을 저렇게 굴리려면 유량이 풍부해야 할 텐데……, 이곳은 내설악인데……, 눈이 많이 오나 보네, 눈 녹은 물이 강을 이루나 보네 하며 걷다 보니 갈림길이 나왔고 표지판에 선녀탕이라고 쓰여 있어서 그쪽으로 길을 잡았다. 다리 밑에서 한 남자가 낚싯대를 드리우고 앉아 있었다.

"선녀탕이 어디예요?"

대꾸가 없어서 다시 물었다.

"이곳엔 무슨 고기가 사나요?"

남자는 쿡 하고 웃으며 말했다.

"몇 살인지 알려주면 말해줄게요."

그 말을 무시하고 걷는 내 등 뒤에 대고 그가 말했다.

"나는 서른다섯, 그쪽은?"

'나는 서른셋, 됐냐?'

속으로 말해주고는 걸음을 재게 놀렸다.

시커먼 새 두 마리가 산 쪽에서 날아와 냇가 쪽으로 날고 있었다. 저게 가마우지인가? 하다가, 『새들은 페루에 가서 죽다』를 떠올렸다. 소설 속의 새들은 가마우지라던데, 한국의 가마우지들은 어디에 가서 죽나? 한국에서 페루에 해당하는 바다는 어디쯤일까? 새들도 죽고 모모 선배도 죽고 결국엔 나도 죽었다.

나는 왜 여기 있나.

내 무덤을 내가 파고 있는 것은 아닌지…….

내선 전화벨이 울려서 받았다.

"다담이 있어요. 다실로 여덟 시까지 오세요, 선생님."

젊은 남자의 사무적인 말투였다.

다실에 들어서니 이미 사람들이 와 있었다.

연장자로 보이는 남자부터 자기소개를 했다. 그는 모 대학 교양학부 교수이고, 다른 두 남자는 고등학교 수학, 국어 교사라고 했다. 그리고 내게 전화했다는 남자가, 지방대학 문창과 교수이며 내 옆방인 403호에 묵고 있다고 했다. 넷은 모두 남자고 시인이구나 하고 있는데, 문이 열리고 한 여자가 들어왔다. 그녀는 소설 쓰는 아무갭니다, 라고 간략하게 말하고는 문 앞에 앉았다.

유아교육과를 졸업하고 유치원 교사로 일했는데 현재는 백수다, 라고 내 소개를 마치자, 403호가, 이영이 선생님은 모 신문 신춘문예로 등단한 시인이라고 부연했다.

"시 좋던데요?"라고 말하며 국어 선생이 벽에 붙어 있는 책장 한 곳을 가리켰다. 그곳에는 신춘문예 시집이 나란히 꽂혀 있었다. 나는 고개를 숙이고 앉아 어서 이 시간이 지나가기만을 바랐다.

첫날이니까 술 마시러 가자는 노교수의 의견에 모두 동의하고 다실을 빠져나왔다. 나는 빠져야지 하면서 뒤에 처져서 걸었다. 엘리베이터를 타려다 말고 연장자인 노교수가 물었다.

"이영이 샘, 운전할 줄 아세요?"

얼결에 "네." 하고 대답하자 남자들이 박수 쳤고 나는 어쩔 수 없이 그들과 합류하고 말았다.

모두 노교수의 차에 올랐다. 가로등도 하나 없이 어둠뿐인 산길을 가는 동안 차 안엔 어색한 침묵이 흘렀다.

"이영이 샘, 안 서가 뭔지 아십니까?"

조수석에 앉은 국어 선생이 내 오른쪽 귀에 대고 은근한 목소리로 물었다.

"김억의 호 아닌가요?"

"그럼 늘 서는요?"

"늘 서, 가 아니라 늘봄 아닌가요?"

나는 전영택을 생각하며 그렇게 대답했다.

"그럼 가끔 서는요?"

사람들이 작은 소리로 웃었다. 비밀을 공유한 자들의 질 낮은 웃음이었다.

음식점 앞에 차가 멎었고 노교수가 차에서 내렸고 나머지 사람들도 그를 따라 음식점으로 들어갔다. 나는 차를 돌려 숙소로 돌아와 버렸다.

점심을 먹으러 갔더니 식사를 마친 작가들이 귤을 까먹으며 한담을 나누고 있었다. 듣자 하니 전날 저녁에 걸어서 숙소로 돌아온 모양이었지만 나는 사과하지 않았다.

내가 식판을 들고 그들 쪽으로 가자 403호가 의자를 빼주며 말했다.

"오늘 크리스마스이브 파티할 거니까, 열 시에 제 방으로 모이세요."

"들으셨지요?"

국어가 물었다. 나는 고개를 끄덕이면서, 시내에 나가 영화나 한 편 보고 늦게 와야지, 라고 마음먹었다.

그들은 장을 보아 오겠다며 몰려 나갔다. 시내 나갔다가 만나면 곤란하겠다 싶어져서 경내나 둘러봐야지 하면서 식당 뒷길로 나갔다. 새로 짓는 건물 외관은 완성이 되었고 푸른 제복의 노무자들은 철새처럼 날아가버려서 주변은 조용했다.

무슨 새인가가 내 머리 위를 지나서 계곡 쪽으로 날아가고 있었다. 날마다 새를 보게 되네, 하고 있는데 뒤에서 누가 내 이름을 불렀다. 돌아보니 405호 소설가가 손을 흔들며 오고 있었다.

"같이 목욕 가지 않을래요?"

"……."

"아, 내가 초면에 너무 들이댔네요. 미안."

"태워다 드릴 수는 있어요."

그녀가 고맙다는 듯이 두 손으로 내 팔을 잡았다.

우리는 숙소에 들어가 외출 채비를 하고 나와서 차에 탔다.

그녀가 휴대폰으로 목적지를 찍어서 운전석 앞에 고정해주었다.

속초 중앙시장 주차장에 차를 대고 우리는 시장으로 들어갔다. 그 안에 있는 마트로 그녀가 들어가서 나도 따라 들어갔다. 빨랫줄에 걸린 클립 생각이 났다. 그때까지는 빨래를 방에 널었는데 밖에 널고 싶어졌다. 빨래집게가 있을 만한 곳이 어디 있나 둘러보는데, 그녀가 양초와 만수향 갑 그리고 낱개로 포장된 북어 한 마리를 담고 있었다. 그 품목들에서 죽음 후의 제의가 떠올랐다. 나는 몸을 숨기고 가만히 있다가 빨래집게를 사서 나왔다.

이미 계산을 마친 그녀가 이거 선물이에요. 하며 물병을 주었지만 나는 선뜻 받지 않았다. 그러자 그녀가 설명해주었다.

"자작나무 수액이에요. 나무의 우유라고나 할까. 맛도 좋고 몸에도 좋아요."

"네, 감사합니다."

시장 안에서 저녁 겸 오징어순대, 홍게 라면을 먹고, 남자 작가들에게 주려고 안줏거리로 아바이순대를 포장해서 나왔다.

"목욕 가실 거예요?"

내 말에 그녀가 고개를 가로저었다.

시동을 걸고 안전띠를 맸다. 눈이 오고 있었다. 눈이 오면 내 기분은 눅눅해진다.

'여기 와서 제일 좋았던 건, 욕조예요. 욕조에 둘이 들어가 서로의 몸을 씻겨주고 싶다던 내 애인은 그 약속을 지키지 못하고 가버렸어요, 선생님.'이라고 말하고 싶어져서 나는 용기 내어 가속 페달을 밟으며 말했다.

"자, 고래 잡으러 가는 겁니다."

겨울 바다는 처음이었다. 파도가 쳤다. 장엄한 바다의 몸짓에 그녀와 나는 시선을 집중했다. 세상의 잡음을 집어삼키려는지 파도는 성을 내며 몸집을 키웠다. 뜨는 해를 보려면 동해로 가고, 지는 해를 보려면 서해로 가야 한다고 평소에 생각했었다. 그런데 틀렸다. 깊은 슬픔이 있는 사람이라면 동해로 가야 한다, 검푸른 겨울 속초 바다는 울고 싶은 사람의 심정을 닮았으니까.

한없이 바다를 바라보고 있던 그녀가 돌아서며 말했다.

"그만 돌아갑시다."

바다를, 해풍을, 파도를 남겨두고 가자니 마음이 내키지 않았지만, 차에 올랐다.

403호로 오셈.

(안 오시면 쳐들어갑니다.)

숙소 방문 앞에 포스트잇이 붙어 있었다. 한 사람이 쓴 글 위에 다른 사람이 덧붙인 문장인 듯했다.

405호에도 똑같은 메모가 붙어 있었다. 405호가 안줏거리를 내게 들려주면서 손가락으로 자기 입을 가리켰다. 자기가 숙소에 없는 것으로 해달라는 의미 같아서 고개를 끄덕여주고, 나는 짐을 방에 넣어두고 다실로 내려갔다.

405호의 소설책이 두 권 있어서 그중에 오 년 전에 출간된 장편 소설을 빼내어 읽었다. 쉽게 읽히면서 밑줄을 긋고 싶은 좋은 문장이 많았다. 그런데…… 믿고 싶지 않은 이야기가 이어졌다. 군대 간 아들이 자살한 내용이었다. 아들은 소설 속 주인공(작가로 짐작되는)이 졸업한 문창과 후배다. 이혼하고 혼자 아들을 키우면서도 집필실에 입주해서 '내 아들이 들어올 방인데' 하면서 각별히 언행에 조심했다는 곡진한 사연이었다. 설마 허구겠지 했는데, 작가의 말에 '사무치게 그리워도 볼 수 없는 아들에게 이 책을 바친다'라고 썼다! 내 입에서 신음 같은 울음이 새어 나왔다. 책을 덮고 차마 내 방으로 갈 수가 없어서 일 층 강당으로 갔다.

강당에는 탁구대가 펼쳐져 있었고, 유리벽이라고 해도 좋을 만큼 커다란 유리창이 있었으며 창 너머에는 아름드리 금강소나무가 눈을 덮어쓴 채 늠름한 자태를 뽐내고 있었다.

왼쪽 벽면에는 시가 한 편 적혀 있었으며 그 옆에 시인의 사진도 있었다. 박인환의 「목마와 숙녀」였다.

> 상심한 별은 내 가슴에 가벼웁게 부서진다
> (…)
> 문학이 죽고 인생이 죽고

여기까지 눈으로 읽고 있는데 기침 소리가 났다. 소설가였다.

그녀는 단상 옆에 있는 오르간 앞으로 가서 뚜껑을 열더니 〈섬집아기〉를 연주했다. 몸을 좌우로 기웃거려가며 그 곡을 여러 번 연주했다. 아들을 재울 때 자주 불러주었을지도, 작가들은 연기자들처럼 작품에 몰입하고 싶어서 저러는지도 모르겠다고 생각하면서 나는 조용히 밖으로 나왔다. 하늘에는 철없는 별들이 밝게 빛나고 있었다.

403호에게서 빨리 오라는 문자가 들어왔다. 나는 낮에 장 봐 온걸 들고 403호의 문을 두드렸다.

"열려 있어요!"

국어가 나를 방 안으로 잡아끌어 들이고는 자기는 밖으로 나갔다.

"자, 자, 이제 본격적으로 파티합시다!"

403호가 이렇게 말하면서 냉장고에서 화이트 럼, 토닉워터, 탄산수 병을 꺼냈고, 국어가 각 얼음과 슬라이스한 레몬 그리고 차갑게 식힌 일회용 플라스틱 컵을 가지고 들어왔다. 그 두 사람은 능숙하게 칵테일을 만들었다.

"자, 선생님의 건배사가 있겠습니다!"

403호의 말에 모두 잔을 들었다.

교수가 "문운을," 하고 운을 띄우자, 모두 함께 "위하여!" 했고, 이어서 403호가 "헤밍웨이를" 했고 모두가 "위하여!" 하면서 잔을 부딪쳤다.

칵테일은 상큼하고 달달했고 마신 후에는 향기가 남았다.

자기들은 자주 집필실에 입주했었다고, 헤밍웨이가 즐겨 마셨다는 '모히또'를 제조하는 게 403호의 주특기라고 국어가 나에게 말해주었다.

405호의 소설이 머리를 짓눌러서 취하지 않고는 견디기 힘든 밤이었다.

고래처럼 술을 들이부으며 문학 이야기를 했다. 국적 불문하고 수많은 작가와 작품이 안주가 되었다. 교수는 논문을 쓰고 있었고 나머지 두 시인은 이번에 시집을 묶으려고 고치고 있었다. 생각보다 아주 치열하게 작업을 하고 있다는 것을 그들의 대화 속에서 알았다. 그들은 나에게 시 작업 잘 되어가느냐, 405호는 왜 이 방에 오지 않느냐고 묻지 않았다.

그만 퇴장하려고 슬금슬금 출입문 쪽으로 나가자, 교수가 팔을 벌려 막는 시늉을 하며 "떽! 어딜 가려고, 앉아!"라고 말했다.

"오늘은 나라 잃은 백성처럼 대취해봐. 눈도 저렇게 한스럽게 오시는 밤이잖여……."

국어가 혀가 완전히 꼬부라진 소리로 지껄였다. 창 밖에는 여전히 눈이 내렸고, 발코니에 벗어놓은 403호의 슬리퍼가 눈에 덮였다.

화장실 좀 다녀올게요, 라고 말하고 내 방으로 건너왔다.

화장실에 들렀다가, 테라스로 나가서 405호 방을 엿보았다. 창문을 조금 열어둔 틈새로 만수향 타는 냄새가 났다. A4 용지 넉 장이 깔린 바닥 위에 제물이 차려져 있었고 소설가가 그 앞에 앉아 있었다. 나는 내선으로 전화를 걸었다.

"술 좀 주세요, 선생님."

"건너와요!"

테라스 쪽으로 해서 405호로 들어갔다. 군복 입은 남자의 사진이 보면대에 붙어 있었는데 딱 봐도 소설가의 얼굴 판박이여서 가슴이 먹먹해졌다. 무릎을 꿇고 공손히 잔을 들자, 그녀가 백세주를 따랐다. 그 잔을 올리고 절을 두 번 했다. 조금 있다가 음복하고 앉아서 사진을 보고 있는데, 내 방 두드리는 소리가 났고 이어서 405호를 두드리는 소리가 났다.

그녀가 자기도 간다고 하라고 손으로 사인을 주어서, 나는 문밖에 대고 외쳤다.

"선생님 모시고 갈게요!"

그녀는 국과 밥을 들고 나는 나물을 들고 403호로 갔다. 음식을 펼쳐놓자, 사람들이 묵념하듯이 한숨을 쉬었다. 노교수가 막걸리를 따라서 소설가에게 주고 자기 잔에도 따랐다. 두 사람은 잔을 들어 올리는 시늉을 하고는 술을 마셨다. 국어가 밥에 막걸리를 부어서 나물 반찬과 먹더니 슬그머니 쓰러져 잠들었고 403호도 앉은 채 졸고 있는 틈을 타서 소설가와 나는 그 방을 빠져나왔다.

자리에 누웠으나 잠이 오지 않아서 불을 켜둔 채, 이런저런 생각에 붙들려 있었다.

"어흐흐 어허어……."

어미의 애간장이 끊어지는 귀곡성이 들렸다. 조금 있으니 이번엔 "앗따, 이눔의 흥보야!" 하는 소리가 들렸다. 한밤중에 이게 무슨 소리인가, 싶어서 버티컬 블라인드를 젖히고 밖을 내다보았다. 건너 건물에 불이 환하게 켜져 있었고 소리는 계속 이어졌다.

이튿날 정원에 나갔더니 그 건물에서 아이들이 쏟아져 나왔다.

학생들이었고 인솔 교사 한 명이 섞여 있었다. 방학을 이용해서 소리를 공부하러 이곳에 왔다고 자기는 소리꾼 아무개라고 인솔자가 말했다.

"어젯밤, 시끄럽게 해서 죄송합니다. 작가 선생님들이 밤새워 글을 쓰는 걸 보고 자기들도 열심히 소리 공부를 하겠답니다."

지난밤에 남자 작가들이 자기들 방에 불을 켜둔 채, 403호에서 그대로들 잠이 들었던 모양이었다.

우리는 모두 모순 덩어리구나. 삶도, 소설과 시도, 소설가도 시인도 라는 생각이 들었다.

시인들이 각자 자기 시집에 사인해서 소리하는 아이들에게 나눠주었다.

온 세상이 소복을 입었다. 앞산도, 앞 건물도, 테라스도 모두.

청록 광택을 뿜던 풍뎅이 네 마리는 흰 금줄을 문 채 상장(喪章)의 이미지를 하고 있었고, 옆방 작가들은 누구를 조상하는지 기척이 없었다. 세상은 백색 침묵에 갇혀 있었고 나는 홀로 책상 앞에 앉아서 글을 어떻게 쓸 것인가를 고민했다.

창작은 신만이 할 수 있는 고유 영역인데 그것을 인간이 흉내 낼 때는 그에 대한 고통을 각오해야 한다는 말을 어디선가 들었다.

나는 꾸준히 일기를 써왔다. 그러므로 모모 선배와 나 사이에 있었던 일도 대부분 기록되어 있다. 여기 오려고 준비할 때, 마음이 안정되면 그 이야기를 풀어내리라 마음먹었었다. 그러나 가짜 이력이 발각될까 봐 노심초사하다 보니 여러 날을 무의미하게 흘려보냈다.

모모 선배가 나에게 주려고 샀다는 『자기 앞의 생』을 경전처럼 책상 위에 세워두고 노트북의 전원 버튼을 누른다. 노트북이 암흑이다. 코드를 꽂았다 뺐다 해봐도 마찬가지여서 사무실에 전화를 걸어서 사정을 말했더니 곧 사람을 보내준다고 해서 부랴부랴 침대를 정리하는데 노크 소리가 났다. 문을 여니 며칠 전에 만났던 그 강태공이었다.

그는 노련하게 노트북을 매만졌다. 노트북이 감쪽같이 정상으로 돌아왔다.

책상 위에 놓인 책을 눈으로 훑으며 그가 말했다.

"복 받은 삶이십니다. 그런데 나이도 안 가르쳐주고, 열쇠를 찾아줘도 고맙단 소리가 없고……."

다실로 내려가 커피를 마시자고 할까 하다가, 사과 두 알을 주면서 고맙다고 말했다.

소리 배우는 학생들이 작가 선생님들께 답례하겠다고 저녁에 그쪽으로 오라고 했다.

나는 내키지 않아서 휴대폰을 꺼두고 다실로 갔는데, 이미 소설가가 와 있어서 돌아왔다. 마음 정리도 할 겸, 이불과 두꺼운 옷을 보따리에 싸 들고 세탁실로 갔다. 세탁물을 세탁기에 넣고 주변을 보니 과월호 월간지가 잔뜩 쌓여 있어서 그 책을 읽으며 기다렸다. 세탁을 마친 다음 출입문을 여는데 열리지 않았다. 왼쪽으로 오른쪽으로 손잡이 돌려봐도 꿈쩍도 하지 않았다. 무서워서 소리를 고래고래 지르고 발로 문을 쾅쾅 걷어차도 소용없었다. 시간차를 두고 또다시 문을 두드렸다.

"안에 누가 있어요?" 발소리도 나지 않았는데 밖에서 누가 물었다.

"네, 살려주세요!"

문고리를 돌리는 소리가 났다.

"쫌만 기다리세요, 연장을 가져올 테니."

잠시 후 문이 열렸다, 이럴 수가. 이번에도 그였다, 서른다섯 살.

"우연이 자주 겹치면 필연이라던데…… 우리 앞으로 잘해봅시다."

나는 아무 말도 하지 않았고 그가 입을 삐죽거렸다.

소설가가 눈길에 다리를 다쳐서 퇴실했고 그 방에 평론가가 새로 들어왔다.

작업에 탄력이 붙어서 한 달 만에 거푸집식으로 장편 초고를 탈고했다. 밖에 나가면 이대로 멈춰버릴 것 같았다. 재고, 삼고 다듬을 수 있도록 기간을 연장해달라고 사무실에 사정했더니 그리하라고 허락해주었다.

임시로 들어왔던 평론가 그리고 그동안 입주했던 작가들은 모두 떠났다.

2월이 되었다. 새로운 작가들이 들어왔으며 소설가가 다시 돌아와 405호 방 주인이 되었다.

눈 녹은 물이 계곡으로 콸콸 쏟아져 내렸고 그 소리에 놀란 생물들이 죽음의 시간에서 깨어났다.

소설가와 많이 친밀해져서 우리는 둘이서만 산책했고 나는 뭐든 물었다.

"선생님, 죽음이 뭐예요?"

"삶의 시작이 아닐까."

내가 가만히 있자 그녀가 이어 말했다.

"그러니까 살아간다는 것은 죽어가고 있는 것이지."

나는 원고의 최종본에, 『둥지, 묘지 그리고 님의 침묵』이라고 제목을 달고 필명은 '모모'라고 적어서 그녀에게 한번 읽어달라고 부탁했다.

"훌륭해. 어느 지면으로 데뷔하느냐만 남았어. 그런데 필명을 모모라고 하려고?"

"네, 시인 이영이는 죽었고, 모모는 환생했다고 생각해주세요."

그녀가 말없이 고개를 끄덕였다.

아모르파티

'의처증 30대, 아내와 불륜 의심 사촌 처남 살해'

인터넷으로 주요 뉴스를 검색하던 나는 "처남 살해?" 하며 중얼거린다. 안타깝고 뭔가를 잃은 듯한 상실감에 한숨이 나온다. 이성을 잃은 한 개인의 그릇된 짓 때문에 무고한 한 생명이 목숨을 잃었으며 한 여자(살인자의 아내)는 자기 집안에 씻지 못할 누를 끼쳤다.

일찍이 인간의 본질은 이성적인 사고를 하는 데 있다고 규정하여 호모사피엔스라고 하지 않았는가 말이다. 그러나 이성을 잃은 인간이 아닌 인간, 그런 인간을 애인 혹은 남편(나는 그런 인간을 '웬수'라고 규정한다.)을 둔 여자들이 이런 기사를 접할 때마다 얼마나 불안에 떠는지 나는 안다.

남의 얘기가 아니라 바로 내 얘기이니까.

남편을 아직 웬수라고 규정하기 전, 어느 토요일의 일이었다.

어린 아들과 셋이서 나름 단란하게 점심 식사를 하던 중에, 웬수가 제 밥공기를 집어들었다. 전에도 약간의 폭력이 있었고, 내가 저항했지만 고쳐지지 않았다. 어떤 방식으로 어떻게 그의 폭력을 막을 수 있을까 나는 오래 고민해오던 참이었다. 그의 손을 빠져나온 밥공기가 내 머리 쪽을 향해 날아왔다. 나는 장군이 칼을 받듯이 의연한 자세로 꼿꼿이 앉아 웬수가 던진 '밥팔매'를 고스란히 받아냈다. 피는 오른쪽 이마에서 시작해 눈썹을 지나 눈으로 흘러내렸다. 어린 아들은 울지도 못하고 새파랗게 질려서 딸꾹질을 했다. 그 딸꾹질 소리가 내게 경종을 울렸다. 이 결혼의 고리를 끊으라고. 피는 점점 더 많이 흘러내려서 눈으로 들어갔다. 웬수가 그걸 지켜보도록 충분히 시간을 준 다음 나는 티슈를 뽑아 뭉쳐서 눈에 들어간 핏물을 닦았다. 피는 연신 흘러내렸지만 겁에 질린 아들은 우느라고 정신 못 차렸고 웬수는 반은 정신이 나간 채 멍청히 앉아 있었다. 티슈를 여러 장 뽑아서 이마에 대고 그 위에 흰 수건을 덮어서 상처를 누르며 걸어서 동네 병원에 갔다.

의사가 사고 경위를 물었다.

"남편이 밥사발을 던졌어요."

의사는 가만히 나를 쳐다보았고 옆에 있던 간호사가 "흐흡!" 하며 자기 입을 가렸다.

정확히 일곱 바늘을 꿰매고 나는 병원을 나왔다.

집에 돌아온 나는 이혼할 때 참고하려고 날짜와 상황을 적어두었다.

이런 웬수를 현행범으로 끌고 가 감옥에 가두는 법이 있으면 얼마나 좋을까, 아주 잠깐 감상적인 희망을 바라다가 고개를 세차게 저었다.

나라가 미개해서 법이 실생활에 유익을 주지는 못하지만 나는 너를 응징하겠다.

남편, 너는 이제부터 '웬수'다.

상처의 실밥을 뽑고 나서 친정에 찾아갔다.

'밥팔매' 사건을 이야기한 다음, 이혼하겠다고, 그러니까 아들을 좀 맡아달라고 말했다. 이혼을 감행하려면 일단 아들부터 내게서 분리해야 했으므로 친정 도움이 필요했다. 어머니는 일언지하에 거절했고 아버지는 아들을 데리고 친정으로 오라고, 함께 살자고 했다. 그러자 어머니가 완강하게 나갔다. 전에도 이혼하자고 한 번 말했다가 웬수가 광분해서 날뛰는 통에 친정 식구까지 곤욕을 겪은 일을 되뇌며 출가외인이니까 더 이상 친정에 폐 끼치지 말라고 못을 박았다.

지원군은 없고 혹만 하나 붙어 있는 신세였으므로 나는 일단 후퇴하기로 했다.

아들은 공부를 잘했으며 이성적이어서 혹이 아니라 지원군이 될싹이 보였다. 아들이 중3 겨울 방학이 되기를 기다렸다.

드디어 그때가 되었고 나는 아들에게 말했다.

"아들, 엄마는 이제 이혼하기로 했어."

아들은 가만히 고개를 끄덕였다.

"큰 풍파가 있을 거야. 어쩌면 엄마가 위험한 지경에 이를지도 몰라."

그 말에도 아들은 고개만 끄덕였다.

웬수에게 정식으로 도전장을 내밀었다. 예상했던 대로 웬수는 미친개처럼 날뛰었다. 아들이 학원에서 돌아왔을 때, 나는 휴대폰을 쥐여주며 신고하라고 시켰다. 경찰차가 경적을 울리며 달려왔다. 우리 셋은 경찰차에 실려 경찰서로 갔다. 웬수를 감방에 처넣어서 평생 그곳에서 썩게 하고 싶었다. 그러나 법이 허술해서 '100미터 접근 금지' 처분만 받고 풀려났다. 소득이 전혀 없지는 않은 것이었다. 웬수가 코골이가 심해서 각방을 써왔는데 이제 내 방에 들어오면 안 되는 거였다.

웬수가 웬 서류를 내밀며 말했다.

"정나미 떨어져서 너와 못 살겠어. 이거 작성해서 도장 찍어!"

협의 이혼 서류였다.

'너 지금 나 떠보는 거지?'

그런 의미로 내가 웬수를 쏘아봤다. 그러자 웬수가 자기 이름과 주민번호를 쓰고 도장을 찍어서 내 얼굴을 향해 날리고 나서 "에이 씨!" 하며 일어섰다.

"집부터 내놓읍시다."

"그러잖아도 그럴 참이야."

웬수가 현관문이 부서져라 미어 박고는 나갔다.

동네에는 뉴타운 바람을 타고 날마다 집값이 뛰던 터라서 집은 금세 나갔다.

집 계약금을 앞에 놓고 웬수가 말했다.

"우리 식구가 셋이니까, 세 몫으로 나누자. 너는 1/3 가져가고 나머지는 우리가 가질게."

그 말을 들은 아들이 싫다고 고개를 저었다.

내가 아들에게 말했다.

"엄마랑 살고 싶겠지. 나도 그러고 싶어. 그런데, 아빠가 너를 핑계로 우리 집에 찾아오면, 그렇게 되면 나는 아주 먼 데로 갈 건……."

"그땐 나 혼자 살래요."

겨우 중학교 3학년짜리 입에서 나온 소리였다.

"다 필요 없어. 가라, 가!"

웬수가 벌떡 일어나 냉수를 벌컥벌컥 들이켰다.

"18년간이나 내 밥을 먹은 주제에. 국으로 엎드려 있지 말이야."

그 말이 너무나 치욕스러웠다. 혀를 깨물고 죽는 한이 있어도 이혼하고 나면 손을 벌리지 말자, 라고 나는 다짐했다.

계약금을 반으로 나눠서 각자 집을 계약했다.

웬수는 이혼서류에 도장을 찍지 않고 차일피일 미루더니 이사 나가기 전날 이런 말을 했다.

"나는 일단 이사할게. 그리고 니가 이사하고 나서 법원에 가자."

그러면 그렇지, 웬수가 순순히 도장을 찍어줄 리가 없지 싶었다. 그렇지만 다 된 밥에 코 빠뜨릴 수 없어서 나는 침착하게 마음을 누

그러뜨렸다.

"좋아. 내가 이사한 다음, 첫째 주 월요일 10시에 가정법원 정문에서 만나."

"좋아!"

그렇게 합의를 보고 우리는 각자 이사했다.

첫째 주 월요일에 약속 장소에 나갔지만 웬수는 나오지 않았다. 전화를 걸었더니 그다음 주에 보자고 했고, 그다음 주에도 또 그다음 주에도 번번이 나를 바람 맞혔다. 염려했던 대로 웬수는 아들과 내가 이사한 집 근처에 늑대처럼 출몰하였다. 아들 인생에 가장 중요한 시점인데, 이러면 안 되는데 도무지 끝이 보이지 않았다. 둘 중에 한 사람이 죽어야 끝날 게임 같았다. 버텨보자, 아들이 대학에만 들어가면 그땐 아주 먼 곳으로 피신을 가든지 정 안 되면 차라리 죽어버리자, 이렇게 각오했다.

나는 돈 되는 일은 뭐든 다 했고, 아들은 한눈 한번 팔지 않고 열심히 공부해서 제가 원하는 대학에 들어갔다. 올봄에 취직도 했고 수습 기간을 거쳐서 드디어 정식 직원이 되었다. 그동안 지역가입자였던 나는 아들의 직장보험에 피부양자로 등록되었다. 순조로운 아들의 행보에 행여 동티라도 날까 봐 조심하던 나는 그제야 조촐하게 파티를 열었다.

"축하한다, 아들. 이제 이 엄마도 고생 끝 행복 시작인가 보다!"

아들의 휴대폰이 울린 건 샴페인 잔을 부딪치고 나서 내가 축하의 말을 마쳤을 때였다. 답례의 말을 준비했을 아들이 불안한 눈빛으로 휴대폰을 들여다보았다. 잔을 내려놓고 집게손가락을 제 입으로 가져가며 나에게 조용히 하라고 사인을 보내더니 "네."라고 대답했다.

"엄마요?"

아들은 나에게 '아빠'라고 입 모양으로만 말하며 휴대폰을 건네주었다.

"뭔 일이에요?"

"이혼하자."

나는 너무 놀라서 가슴이 두근댔다.

"좋아요. 일단 끊고 다시 연락하기로 해요."

왜 하필 지금 시점인가. 무슨 계략이 있을 것이다. 그렇지만 나는 아들 앞에서 그렇게 말할 수는 없었다.

"네가 일단 아빠를 만나."

아들이 입을 다문 채 내 다음 말을 기다렸다.

"만나서 내 얘기를 전해. 앞으로 두 달 후 첫 번째 월요일 10시에 가정법원으로 나오시라고 해. 그리고 이혼을 원하는 이유가 뭐냐고 물어보고 와."

"만날 필요 없어요. 문자로 하면 되지."

아들은 그 자리에서 문자를 보냈고 웬수에게서 곧바로 답장이 왔다.

'알았다. 이혼하겠다는데 무슨 이유 같은 게 있냐. 지금까지 사실은 이혼 상태로 지냈지 않았느냐.'

아들은 그 문자를 내게 보여주었다.

나는 이혼 매뉴얼을 작성했다.

'무슨 일이 있어도 끝까지 간다. 나 혼자 간다.'

나는 아무 연고도 없는 지방으로 내려가서 살기로 하고 인터넷으로 집을 물색했다.

CCTV가 설치된 19평 주공아파트.
보증금 천만 원/월세 30~40만 원. 빈집 많음.

기차역이 있는 지역을 골라, 직접 내려와 보니 빈집은 1층과 맨 꼭대기 층뿐이었다. 방범을 염려하여 꼭대기 층을 골랐으며 가장자리는 냉난방비가 많이 나올 것 같아서 가운데 호인 2002호를 계약했다. 만일 이혼을 하지 않더라도 이제는 아들이 직장인이 되었으니 웬수에게서 거리상으로라도 떨어지고 싶었다.

약속 시간에 맞춰 가정법원에 갔다.

법원 입구에 들어서자, 몸 수색대가 설치되어 있었다. 수색대 위 박스에 소지품을 넣고 출구를 통과한 뒤 팔을 벌리고 직원에게 수색을 받았다. 불편하고 두렵기도 했다.

미리 와 있던 웬수가, 나를 보고 벌떡 일어나서 손바닥을 펼치며 앉으라고 자기 옆자리를 가리켰다. 그 몸짓이 희극적으로 보여서 하마터면 나는 콧방귀를 뀔 뻔했다. 한편, 성정이 거칠기가 한량이 없는 위인이 되지도 않는 점잔을 떠는 데는 절대로 이혼을 해주지 않 겠다는 계산이 깔려 있겠구나 싶어서 나는 긴장을 늦추지 않은 채 창구로 갔다. 창구 칸막이 유리에는 범죄 영화에서 보던 감방의 그 '창구'처럼 구멍이 뿅뿅 뚫려 있었다. 결혼도 일종의 사회적 약속인 데, 그걸 깨트리는 것도 사회적 질서나 규약을 위반한다고 보는 것 인가, 하는 생각이 들었다. 직원은 이름을 확인하고 다음에 올 날짜 를 선택하라며 '협의 이혼 절차'라고 쓰인 서류 한 장을 내주었다. 확정 기일은 1회, 2회가 적혀 있었으며 향후 4주, 5주의 기일이 남아 있었다. 나는 4주 후로 잡았고 웬수도 동의했다. 웬수가 그렇게 흔 쾌히 동의하다니, 의외였다. 직원이 서류에 확인 도장을 찍어서 각 각 한 장씩 나누어주었다.

그로부터 일주일이 지났다. 아직도 3주를 더 기다려야 하는데, 이 러다가는 스트레스로 지레 죽을 것 같다. 머리도 한 움큼씩 빠지고 악몽을 자주 꾸었다. 병원에서는 면역력이 떨어져서 그렇다며 스트 레스를 받지 말란다.

오늘은 아침부터 푹푹 찐다. 또 어떻게 하루를 견뎌야 할지 걱정 이 이만저만이 아니다. 웬수는 11년 동안이나 잠잠하더니 왜 하필 이 삼복중에 이혼하자고 하는지, 무슨 꿍꿍이속인지. 날이 갈수록 마음은 졸아붙고 찜통에 든 개구리 신세나 다름없다. 2001호는 바 캉스를 떠났고 2003호 산모는 짐을 싸서 친정에 가서 20층에는 나 혼자이다. 에어컨 바람을 너무 쐤더니 무릎이 뻣뻣하다. 가급적 에 어컨을 켜지 않고 견디기로 한다. 복도로 통하는 창문에 발을 치고 그 문을 열어 바람길이 통하도록 해놓는다. 페트병에 물을 담아 얼려서 겨드랑이에 끼고 선풍기를 켜놓고 창문 밑에 눕는다.

흠? 냄새가 들어온다.

흠, 흠? 흠!

이건 분명히 담배 태우는 냄새다. 복도 쪽으로 난 문에서 들어오는 듯하다. 엘리베이터 문도 안 열렸는데? CCTV를 피해서 복도로 침입했나? 이 20층까지? '웬수', 그놈이 왔나 보다. 입이 탄다. 가슴을 진정시키며 매뉴얼을 짠다.

인기척을 내지 말 것.

아무리 위급하더라도 베란다로 뛰어내릴 생각 같은 건 하지 말 것.

나는 이렇게 주지시키며 고개를 끄덕인다.

잠잠하다.

사흘이나 갇혀 지냈다. 아직도 담배 냄새가 들어오긴 하지만 음식물 쓰레기통에 구더기가 슬어서 어쩔 수 없이 그걸 들고 집을 나선다. 전에 보지 못했는데, 아파트 입구에서 몇 발짝 떨어진 곳에도 CCTV가 있다. 주공아파트지만 이 정도면 보안 시스템이 잘되어 있는 것 같다. 이번 일만 잘 마무리되면 일자리 알아보고 이 단지에 전세로 갈아타야겠다. 구더기가 구물거리는 이 쓰레기를 음식물 쓰레기통에 넣어야 할지, 일반 쓰레기에 넣어야 할지 헷갈린다. 에라 모르겠다, 그냥 음식물 통에 쏟아붓고 쓰레기통을 물로 닦는다. 주차장 쪽으로 오다 말고 나는 일부러 CCTV가 있는 인도로 간다. 이제부터 이쪽으로 다녀야겠다.

엘리베이터에도 CCTV가 어디 붙어 있는지 잘 확인해두고 내리면서도 어느 각도에서 복도 쪽이 잘 비치는지 관찰해둔다. 엘리베이터를 타고 20층에서 내리다 말고 나는 기겁을 하며 주저앉는다.

2003호 구석에서 중학생으로 보이는 녀석 두 명이 들개처럼 튀어나와 계단으로 내뺀다.

그 집은 빈집인데 저 애들이 왜 거기서 튀어나오지? 나는 2003호로 가본다. 아무런 흔적이 없다. 아래를 내려다본다. 할머니들이 유모차에 생수병을 담아 끌고 간다. 그러잖아도 물을 끓여야 하는데, 어디 물을 떠다 먹는 데가 있는가 보다. 나는 얼른 엘리베이터 버튼을 누른다. 짐 실은 할머니니까 얼마 못 갔을 것이다. 엘리베이터 문이 열리자마자 둘러보았지만, 할머니는 보이지 않고 아까 그 중학생들이 라이터를 서로 던지며 장난을 치고 있다. 불량기가 다분해 보이는 장난 짓이다.

다부지게 생긴 택시 운전사가 슬리퍼를 신고 담배를 피우며 먼지떨이로 차의 먼지를 털고 있다.

"아저씨, 쟤네들이 마구 소란을 피우고 뛰어다녀서 그러는데 야단 좀 쳐주실래요?"

"칫, 피똥 쌀 일 있어요? 중딩들 무서워서 김정은도 못 쳐들어온단 말 못 들었나 보네, 이 아줌마."

'이놈도 웬수과네.'

나는 이렇게 생각하며 집으로 올라온다.

내일은 법원에 가는 날이다. 오늘만 무사히 넘기면 나는 내 호적을 되찾고 결혼이라는 사슬에서 풀려날 것이다.

그런데 아까부터 계단 쪽에서 미미하게 담배 냄새가 났고, 조금 전부터 발소리도 들리는 것 같다. 나는 집 안의 불을 전부 소등한 채, 휴대폰도 꺼놓고 조용히 자리에 눕는다. 오늘 밤을 무사하게 보내고 광명이 비치는 새날을 온전히 맞이하기를 기도하면서 잠을 청한다.

툭, 툭, 달가닥 툭.

이런 소음이 나고 락스 냄새가 들어온다. 청소 아줌마가 청소하는 소리이다. 평소에는 탐탁지 않았는데, 오늘은 그 소음과 냄새가 참 반갑다. 밤새 내 신상에 아무 일도 일어나지 않은 채 내 집에서 눈을 뜬 것에 안도감이 인다.

전화기를 켠다. 전화나 문자가 와 있지 않고 아주 깨끗하다. 장장 한 달 동안을 피 말리면서 오늘이 오기를 기다렸는데 이제 와 산통을 깨는 일 따위가 벌어져서는 안 된다. 붉은 글씨로 기차 시간을 써서 현관 앞에 붙여놓는다.

오늘의 거사를 잘 치르기 위해 나는 나를 격려한다.

'잘될 거야. 걱정 마. 해코지할 사람 같으면 벌써 했지. 한 달 동안 저쪽에서 아무런 액션도 없었잖아.'

인터넷으로 뉴스를 본다. 어제도 또 한 건이 터졌다. 이혼한 전처 집에 찾아가 흉기를 휘둘렀다는 기사다. 손끝 발끝이 저리다. 냉수를 한 잔 마시면서 살 궁리를 한다. 등산복과 배낭을 꺼내어 소지품을 배낭 안에 넣는다. 안전이 제일이다. 여차하면 도망가기 좋은 복장을 해야 한다. 허둥대다가 기운 빠지는 일 없도록 서울역에서 문정역 3번 출구까지 얼마나 걸리는지 다시 계산해본다. 30분 당겨서 출발하기로 하고 이미 끊어놓은 기차표를 반환한다.

점심을 든든하게 먹고 생수도 한 병 챙겨 집을 나선다. 엘리베이터에 올라타자, 유리를 닦고 있던 청소 아줌마가 아는 체를 한다.

"등산 가시네요?"

"아, 네."

"어디로 가세요?"

"서울이요."

"저도 서울 살 때 수락산 많이 다녔는데."

나는 한숨이 나온다. 저이는 무슨 사연이 있기에 서울에서 이곳까지 와서 청소 아줌마가 되었을까. 웬수를 피해서 도망 왔나?

11층에서 내 또래의 남자가 탄다. 사람 만나는 게 싫은데, 이럴 때 20층에 사는 게 고역이다. 나는 고개를 들고 엘리베이터에 나타나는 숫자를 읽으며 마음속으로 주문을 외운다. 통과하라, 통과하라. 2층에서 또 멎는다. 이번에는 한쪽 다리를 흔드는 중풍 걸린 할아버지다. 할아버지는 보통 사람의 세 배는 걸리게 천천히 탄다. 속터져 죽겠다. 내리고 싶지만, 오늘은 계단을 많이 오르내릴 거니까 참기로 한다.

가정법원에 도착하여 엘리베이터를 타려는데 웬수가 서 있다. 피하고 자시고 할 것도 없이 눈을 마주쳐서 밀리듯이 함께 안으로 들어간다.

302호에 들어서니 이미 많은 사람이 와 있다. 유독 젊은 부부, 더없이 잘 어울릴 것 같은 부부가 눈길을 끈다. 남편이 아기를 띠로 묶어서 업었고, 아내는 남편이 업고 있는 아기 입에 과자를 넣어주면서 다른 손으로는 해찰이 심한 남자아이의 손을 잡고 있다. 이들 부부는 마치 여행을 떠나기 위해 기차를 기다리는 듯 단란해 보인다. 무슨 사정이 있는지는 모르겠지만 저 정도로 다정한 사이라면 좀 참아보면 좋지 않을까, 이들이 기다리는 기차가 연착되거나 이미 떠나버렸기를 나는 바란다.

여기 모인 사람 중에 우리 부부가 제일 늙었지 싶다. 여럿이 모인 자리에서 내가 제일 연장자일 때면 나는 공연히 기가 죽는다. 경로우대가 경로천대로 바뀌어버린 지 오래이지 않은가 말이다.

공익요원이, 할아버지를 태운 휠체어를 밀고 들어온다. 편마비에 턱받이까지 했다. 조금 있다가 할머니 한 분이 들어와서 휠체어 할아버지 옆에 앉는다.

슬프다.

소설, 『안나 카레니나』의 한 문장이 떠오른다.

행복한 가정은 모두 엇비슷하고 불행한 가정은 그 이유가 제각기 다르다.

여기까지 오는 동안 얼마나 많이 싸웠을까, 차라리 죽어버리는 게 낫겠다며 얼마나 울었을까. 상대를 미워하다 그 화살을 자기 자신에게로 쏘아대느라 심신이 너덜너덜해졌겠지. 나는 자꾸만 깊은 한숨이 나온다.

공기 밀도는 점점 고약한 상태로 변해간다. 아빠 등에 업힌 아기가 운다. 띠를 풀고 엄마가 들어서 안자, 이번엔 엄마 손을 놓친 아이가 칭얼대면서 안아달라고 팔을 벌린다. 아이 엄마가 휴대폰을 쥐여준다. 아이는 금세 조용해진다 싶더니 쉬 마렵다고 보챈다. 아이 엄마가 아이 손을 잡고 나간다.

너무 더워 미치겠다. 오늘이 처서라는데, 처서에는 모기도 입이 비뚤어진다는데 웬 놈의 날씨가 이렇게 더운지. 좁은 공간에 사람은 많고 에어컨은 있는데 바람이 영 신통찮다. 수용소 같다. 목이 말라 죽겠다.

화장실로 간다. 입구에 주민등록증이 떨어져 있다. 그걸 줍는다. 사진을 보니 아이 엄마이다.

4시이다. 이제 판결이 시작될 것이다. 왜 하필이면 4시람. 3시도 있고 5시도 있고 오전도 있는데, 별게 다 거슬린다.

아까 그 공익 근무자가 서류 뭉치를 들고 들어와 책상 앞에 앉는다.

"부부끼리 신분증을 모아주세요. 잠시 후 호명하면 부부 중 한 분이 두 분의 신분증을 갖고 나오세요."

지금까지 소 닭 보듯 하던 사람들이 자기 짝꿍을 찾느라 야단이다. 주민등록증을 꺼내 들고 있는데, 웬수가 다가와 자기 주민등록증을 내민다. 나는 그것을 받아 쥔다. 이 순간이 지나고 나면 이제 이 사람은 영원히 남이다. 정말 그런 날이 오긴 하는 건가, 너무 떨린다.

아이 엄마가 부산스럽게 자기 가방을 뒤지다가 허탈한 표정으로 고개를 저으며 중얼거린다, 주민등록증이 없다고. 나는 태연하게 주머니에 손을 넣고 아이 엄마의 주민등록증을 만지작거리며 우리의 순번을 기다린다. 아이가 보채고 아이의 아빠가 자기 아내의 등을 밀며 밖으로 나간다. 공익이 웬수 이름을 부른다. 내가 웬수와 내 주민증을 내밀자, 공익이 번호표를 준다. 44번이고 우리가 끝번이다. 그러니까 이혼하는 사람이 오늘만 88명인 셈이다. 이곳 동부지원만 해도 그런데 전국적으로 따져본다면 그 숫자가 엄청나겠다.

사람이나 동물이나 짝짓기를 하고 사는데 다른 점이 딱 하나 있다면 통과의례를 기념하는 의식을 한다는 점이다. 탄생을 기념하기 위해 금줄을 매고, 돌잔치를 하고, 입학과 졸업에 이어 결혼식을 하고 이게 아니다 싶으면 서류를 갖춰 이혼을 하는 것이라고 웬수가 인식하기를 빈다.

판사는 오지 않고 공기는 최악이다. 참을성 없는 웬수가 그새를 못 참고 뛰쳐나가거나 난동을 부리는 건 아닌지 조마조마하다.

4시 47분이다. 판사가 왔다고, 다른 판결이 있어서 늦었노라고 공익이 지나가는 말로 대신 변명하고 나서, 일은 일사천리로 진행된다. 호명된 사람들은 세 팀씩 판사가 들어간 방 문 앞에 가서 선다. 누가 한 팀인지 확연히 드러난다. 전혀 어울리지 않는 커플, 너무 다

정해서 위장 이혼인가 의심이 가는 커플들이 판사를 만나고 이 방을 빠져나간다.

웬수와 내 차례가 되었다. "이혼에 합의하셨습니까?"라고 묻는 판사의 질문에, 웬수와 나는 결혼 서약을 하듯이 호흡을 맞춰 "네!"라고 책임 있게 대답했다. 판사가 사인을 했고 여직원이 두 장의 서류를 주어서 그것을 들고 그 방을 나왔다.

서류에는 두 사람의 원론적인 호적 관계가 세세하게 적혀 있다. 커닝하듯이 웬수와 나는 상대방 서류를 훔쳐보면서 칸을 채워나간 후, 서로 사인을 해서 한 장씩 나눠 가진다.

허기가 진다. 뭔가 달달한 게 먹고 싶다.

기차에서 내린 나는 시장 쪽으로 발길을 돌린다. 모르고 왔는데, 장날이라서 매우 혼잡하다. 호떡 좌판에도 사람들이 늘어서 있다. 그 줄에 일단 서고 본다. 남편은 반죽을 떼어놓고 부인은 굽는다. 반죽에 해바라기 씨와 흑임자도 보이기는 하는데, 노릇노릇하게 굽지 않고 약간 태운다 싶게 익힌다. 태우면 몸에 좋지 않은데, 적정한 시간에 그만, 이라고 말해야지 마음먹는다. 내 차례이다. 천 원을 재빨리 깡통에 넣는다.

"에이씨! 돈을 기름통에 넣으면 어떡해요!"

나는 얼른 돈을 꺼내려고 손을 들이민다.

"치워요, 저리."

남자가 거칠게 내 손을 치우는 시늉을 하면서 깡통을 들고 안을 들여다보며 집게를 집어넣는다. 한 면이 기름에 묻은 지폐를 꺼내면서, 좌대 밑에서 깡통을 꺼내어 거기에 담는다. 아예 기름 묻은 지폐를 넣는 깡통이 있는 것으로 미뤄 나만 실수를 한 게 아닌 듯하다. 그사이 내 몫의 호떡은 탔다. 남자가 그것을 쳐다보면서 인상을 있는 대로 구긴다. 이 남자도 웬수과이다. 나는 새로 천 원어치를 더 산다. 여자는 탄 것과 안 탄 것을 봉투에 담더니 잽싸게 한 개를 더 넣어 내민다. 나도 잽싸게 그걸 받아 든다. 인간은 자기 행동을 숨기려 할 때 가장 민첩하다. 졸지에 공범이 된 나와 여자는 서로 은밀한 미소를 나눈다. 이 여자도 은밀히 이혼을 꿈꿀지도 모른다. 나는 이 여자의 이혼을 도와주고 싶다.

싱싱한 낙지가 고무 대야에서 구물거린다. 아들 생각이 난다. 만 원어치 산다. 진기가 빠지기 전에 집에 가자마자 낙지부터 먹을까, 뜨거운 김이 나가기 전에 호떡을 먼저 먹을까, 생각하면서 시장 밖으로 나간다. 대로로 한 발 내려서서 건너편 택시를 향해 손을 흔든다. 끼이익…….

"죽고 싶어!"

택시 운전사가 유리창을 내리고 소리를 지른다. 오늘 왜 자꾸 엇박자를 떼고 있는지, 그냥 걸어가기로 한다.

육교를 올라 한길을 건너서 상가 뒤편으로 접어들자 오래된 집들이 보인다. 담벼락에는 고무통에 상추와 고추 같은 채소가 심겨 있다. 개들도 짖지 않는 고요한 마을의 고샅을 따라 걷는 내 이마에 저녁 햇살이 얹힌다. 언덕에 오르자 한숨이 나온다. 숨이 찬 탓보다는 오늘 하루 복잡 미묘했던 일련의 사건들이 어느 정도 해결된 데 대한 안도감에서 비롯된 한숨이다. 배낭을 앞으로 돌려서 호떡을 꺼내어 한 입 베어 물고 길을 간다. 호떡은 달달하고 고소하다. 왼쪽은 복숭아밭이고 오른쪽엔 집이 두 채 있다. 첫 번째 집은 커다란 호두나무가 울타리를 대신하고 있는데 호두나무에는 탁구공만 한 호두가 탐스럽게 열려 있다.

잇새에 참깨가 끼었다. 손톱으로 빼보지만 잘 안 빠져서 울타리에서 쥐똥나무 가지를 꺾는다. 쥐똥나무 울타리 너머에는 채송화와 분꽃이 한창이다. 미풍이 분꽃 향기를 실어 나른다. 어릴 때 고향집 화단에도 연연히 분꽃이 피었었다. 분꽃은 낮 동안은 새치름하게 오므리고 있다가, 해가 서산마루에 걸터앉을 무렵이 되면 꽃잎을 활짝 벌렸다. 분꽃 향기가 마당 안에 가득 고이면 밭에 나갔던 어머니가 돌아와서 보리쌀을 으깼다. 화단 앞 펌프 가에 앉아 엉덩이를 들썩거리며 조막만 한 돌로 부지런히 보리쌀을 으깨던 어머니. 일평생 해로하신 어머니는 죽어도 내 이혼을 이해 못 하시겠지. 나는 고개를 젓는다.

호떡을 한 개 먹고 나니 덧정이 없다. 저 앞에 유모차에 짐을 싣고 가는 할머니가 보인다.

"할머니이!"

할머니가 멈춰 서서 유모차에 팔꿈치를 기대며 허리를 편다.

"할머니, 이거 좀 드셔보세요."

"뭐유, 그게?"

"호떡이에요."

"여태 밭에서 복숭 까먹구 오는 질이여. 당노 때미 뭘 맘대로 못 먹어."

"죄송합니다."

"죄송할 거까진 읎구. 당뇨 그게 아주 지랄여, 아주 못됐어."

할머니가 혼잣말처럼 웅얼거리며 비탈길을 내려간다.

웬수보다 더 못됐어요?라고 묻고 싶어진다.

"그거 제가 먹어도 될까요?"

길옆 고추밭에서 어떤 남자가 고추를 따다 말고 이쪽으로 오고 있다. 이미 호떡을 줄 것으로 예상하고 나오는 듯하다.

"되죠, 당연히."

나는 말해놓고 길가 돌멩이 위에 앉아 남자를 기다린다. 남자는 손을 대충 바지에 닦고 호떡 봉투를 받아서 엄지와 검지로 호떡을 꺼내어 입에 넣는다.

"맛있네요. 이거 어디서 샀어요?"

"시장에서요."

대답해주고 나는 일어선다. 두 개째의 호떡을 입에 넣던 남자가 당황한다. 남자의 입에서 호떡 내용물이 한 방울 떨어져 턱에 들러 붙는다. 그는 풀잎을 따서 입을 닦으며 한 손으로 나를 주저앉히는 시늉을 한다. 나는 도로 앉아서 밭으로 시선을 던진다. 한 오백 평 정도 되어 보이는 밭은 반으로 나누어 한쪽은 고추를 심고 나머지 한쪽에는 상추, 치커리, 들깨 등 아기자기하게 주말 밭처럼 꾸며놓

앗다. 나는 그 풍경을 휴대폰에 담는다.

호떡을 다 먹은 남자가 고추밭으로 들어가더니 따놓은 붉은 고추를 두 손으로 들고 나온다.

"이 정도면 열무 한 단은 담을 수 있을 겁니다."

"아, 네. 고맙습니다."

나는 이혼서류가 담긴 배낭을 벌린다.

"아, 기왕이면 가방을 채워드리는 게 낫겠다."

남자는 자기 멋대로 내 배낭을 들고 가서 고추를 딴다. 이혼서류가 신경 쓰인다. 남자가 배낭이 불룩하도록 고추를 채워서 들고 온다. 메기 좋도록 끈을 늘리고 나는 거기 팔을 집어넣는다. 배낭이 제법 묵직하다. 나는 까딱, 묵례하고 돌아서서 언덕길을 내려온다.

어제는 너무 피곤해서 곯아떨어졌다. 아주 오랜만에 꿈도 없이 단잠을 잤다. 기지개를 켜고 나서 휴대폰을 켜놓고 일어나 창문을 연다. 햇빛이 찬란하게 빛난다.

"아, 좋다! 이제부터 난 자유다!"

휴대폰을 들여다본다. 아무런 문자도 와 있지 않다. 오늘 일정표를 확인한다.

이혼신고하기!

관할 읍사무소에 가서 직접 이혼신고를 해야 비로소 서류가 정리

된다. 만일 그걸 하지 않으면 법원에서 판결받은 일이 무효가 되는 것이다. 판결을 받음과 동시에 이혼을 인정해주지 왜 이렇게 절차를 복잡하게 만들어놓았는지 모르겠다.

어제 법원에서 나올 때 날이 밝는 대로 오늘 오전에 신고할 생각이었다. 그런데 지금은 그렇지 않다. 서류에 잉크도 마르기 전에 신고를 하다니, 하면서 웬수가 입에 거품을 물고 쫓아오면 어쩌나 두려워진다. 오늘이 목요일이니까, 사흘 동안 말미를 주었다가 월요일에 하기로 마음을 굳힌다.

어제 입었던 등산복을 빨려고 주머니를 뒤진다. 남의 주민등록증이 손에 잡힌다. 장물 같기도 하다. 그 젊은 부부는 처음에는 당황했겠지, 집에 가서 가족들에게 그 사실을 알렸겠지, 양가 부모가 설득을 했겠지, 그게 다 이혼하지 말라는 하늘의 뜻이라고, 그러니 마음 돌리라고. 젊은 부부는 부모의 말을 받아들였겠지, 우리가 이혼하지 말라는 운명인가 보다고, 이제부터 새로운 마음으로 다시 시작하자며 손가락을 걸었겠지.

설혹 그렇게 되지 않더라도 그들에게 지금은 이혼이 때가 아니라고 나는 생각한다. 아이들을 거기까지 데리고 온 것으로 미뤄 아이를 맡길 데가 없을 것이다. 나도 아이가 어릴 때 이혼하려고 했지만 맡길 데가 없어서 때를 기다렸다. 또한, 아들이 경기를 할 정도로 열병을 자주 앓았는데 그때마다 제 아빠가 옆에 있어서 자다가 응급실에 안고 뛴 적도 있었고 많은 도움이 되었다.

그나저나 이 장물을 어떻게 처리한다?

우체국에 가서 부쳐주어야 하나? 그러자면 이쪽 주소를 써야 할텐데, 법에 걸리는 거 아닌가, 그냥 잘라서 버릴까, 그건 아닌 것 같다.

옥상에서 이상한 소리가 난다. 덩치가 아주 큰 개들이 몰려다니는 것 같은 소리이다.

담배 냄새도 나는 것 같다.

웬수인가?

예전에 가정폭력범으로 경찰에 붙들려 간 후 웬수는 얼마간 교정교육을 받으러 다녔었다. 그곳에서 교육생들과 교류했었다. 웬수가 아무래도 그 패거리들을 몰고 온 것 같다.

담배 냄새가 점점 더 짙어진다. 아, 두렵다.

경비실에 호출해본다. 무응답이다. 관리실로 건다.

"담배 냄새 나요. 저번에도 났었어요."

"네, 알겠습니다."

아차, 개들 얘기는 하지 못했다. 아파트 계단에서 담배 피우지 말라는 안내 방송이 나온다. 그렇지만 냄새는 계속 난다. 경비실로 호출을 해보지만 받지 않는다. 경비들은 시간만 나면 화단의 풀을 뽑고 길바닥을 쓰느라 경비실을 비워둔다. 도대체 이곳 경비는 자기들이 경비인지, 조경사인지 분간을 못 하는 것 같다. 입주민 안전에는 뭐니 뭐니 해도 치안이 우선인데 말이다.

관리실에 전화를 걸어서 동호수를 밝히고 옥상에서 개들이 몰려 다니는 소리가 난다고 신고한다.

나는 복도에 나가 기다린다. 엘리베이터 문이 열리고 한 남자가 내린다.

"관리소세요?"

"네."

'당신이 신고했어? 아무 일도 없기만 해봐, 가만 안 둘 테니.' 이렇게 엄포를 놓는 표정이 그 눈빛에 실렸다. 남자는 계단으로 올라간다.

'관리소 직원이세요? 라고 말했어야지, 이 바보 멍청아.'

자책하면서 나도 그를 따라 올라간다. 옥상으로 통하는 문은 자물쇠가 채워져 있다. 왼쪽 유리창 너머 옥상 풍경이 한눈에 들어온다. 남녀 중학생 여남은 명이 낄낄거리고 있다. 관리인이 유리문을 열어젖히며 기세 좋게 외친다.

"야, 이놈들아!"

애들이 이쪽을 쳐다본다.

"뭐야? 미친 거 아님?"

한 아이가 검지를 자기 머리에 대고 뱅글뱅글 돌린다.

관리인이 순찰함에서 열쇠를 꺼내어 문을 따고 팔꿈치로 문을 밀어보지만 녹슬어서 잘 안 열린다. 발로 걷어차자 요란한 소음을 내며 문이 열린다.

바닥에는 담배꽁초도 있고, 과자와 음료수도 보인다.

아이들은 저희끼리 눈빛을 교환하며 키득거린다.

"아, 개 웃겨! 큭큭"

관리인이 허리에 양손을 얹으며 말한다.

"이놈들, 너희 뭐 하는 놈들이야!"

"이놈들 아니거든요. 우리는 대송초 동창들이거든요?"

"동창이면 동창이지 왜 여기서 지랄들이야!"

"우리는 지금 아모르파티 하고 있거든요? 그런데 왜 지랄이세요?"

관리소 직원이 영문을 모르겠다는 듯이 고개를 갸웃하며 나를 쳐다본다.

"아모르파티? 그게 뭐니?"

내가 물었다. 그러자 제법 똘똘하게 생긴 여자아이가 나를 보며 말해준다.

"아무도 모르게 파티를 한다는 뜻이에요."

아무도 모르게 저희끼리만 즐기고 싶은 파티는 도대체 뭘까, 나는 갑자기 그런 생각이 들었다.

"암튼 다른 데 가서 놀아. 그리고 담배가 몸에 얼마나 해로운지 모르냐? 이 아저씨 학교 다닐 때는 인터넷이 없어서 멋모르고 피웠지만 말야. 너희들은 이 개명천지에 인터넷도 안 보냐?"

아까 그 여학생이 또박또박 말한다.

"나름 개념 있으시네요? 근데요, 개명천지가 아니고 대명천지거든요. 뜻은 매우 밝은 세상이거든요? 검색해보세요, 인터넷."

법원 다녀온 지 일주일 만에 나는 이혼신고를 하러 읍사무소에 왔다.

내가 제출한 서류를 훑어보고 자기 책상의 모니터를 열어 확인하는 직원이 고개를 갸웃거리며 꾸물거리고 있다. 뭐가 잘못되었나? 나는 불안해진다.

"이미 이혼신고가 되어 있는데요?"

내가 너무 놀라서 멍청하게 앉아 있자 직원이 알려준다. 상대방이 신고를 한 것 같으니, '혼인관계증명서(상세)'를 떼어보란다. 그걸 떼어보니, '이혼 사건번호'와 '처리 관서'가 기재되어 있다. 더욱 놀라운 것은 이혼신고일이 법원에서 이혼 판결받은 그 당일로 기재되어 있다는 것이다. 그러니까 웬수는 법원에서 나와서 곧바로 동사무소로 직행하여 신고를 한 것이었다. 전혀 예상하지 못한 일이어서 나는 잠시 얼떨떨한 기분이 들었다.

그동안 가족으로 얽혀 있던 '남편'이 내 호적에서 떨어져 나갔고 시댁이라는 인척 관계도 오늘부로 소멸되었다.

참회, 부끄러움, 허탈감이 밀려온다.

집으로 가는 길은 여러 갈래가 있다. 사람들의 왕래가 적은 길을 찾아 호두나무 언덕 쪽으로 방향을 튼다.

호두나무는 더욱 싱싱해졌고 분꽃이 진 자리에 젖꼭지같이 까만 씨앗이 맺혔다. 존재의 증명이다. 세상에 나온 모든 사물은 사라질 때면 반드시 징표를 남긴다. 나의 결혼 생활도 해지해버렸지만, 그 흔적은 남아 있다.

고추밭이다. 아, 맞다, 고추! 김치냉장고에 처박듯이 넣어둔 뒤 까맣게 잊었다.

고추밭 주인도 고추 따는 걸 잊은 모양인지, 고춧대마다 새빨간 고추들이 탐스럽게 매달려 있고 익다 못해 무른 고추들이 바닥에 떨어져 있다. 초가을 정오의 햇볕이 새빨간 고추에 부서진다. 나는 휴대폰을 들고 사진을 찍는다. 멀리서도 찍고 밭에 들어가서 크게 찍는다.

"너미 밭에서 뭐…… 이. 사진 찍는구만…… 뭐 볼 게 있다구."

지난번에 본 유모차 할머니이다. 할머니는 고추를 따려는지 자루와 쇼핑백을 꺼내놓고, 밭둑에 털썩 주저앉는다.

"이거 할머니네 밭이에요?"

"이."

나는 고개를 갸웃한다.

"이질 조카 부쳐먹으라구 내줬는디, 못해먹겠다구 도루 서울루다 가버렸어."

아파트 입구에 들어서자, 우체통이 보인다. 아침에 집을 나설 때는 보지 못했던 우체통이다. 법원에서 주운 주민등록증을 꺼내어 통 속에 집어넣는다.

전화가 들어온다. 아들이다. 내가 전화를 받자마자 아들이 먼저 말을 한다.

"아빠 재혼한대."

나는 뒤통수를 한 대 얻어맞은 기분이다.

"같이 살고 있었다나 봐. 식은 올리지 않고, 식구들끼리 밥 먹는대요."

나는 전화를 끊는다.

'뭐야, 닭 쫓던 개도 아니고…… 결국 웬수는 내 안에 있었던 거야?'

허탈한 건지, 후련한 건지…… 이런 기분 처음이다. 누가 말했는지, 인생은 생방송이라는 그 말이 명언인 것 같다.

아무려나, 어제보다 나은 오늘이다.

나는 노래를 틀고 따라 부른다.

"산다는 게 다 그런 거지. 모든 걸 잘할 순 없어. 오늘보다 더 나은 내일이면……."

용사의 집

추석 다음 날 우리 학교에서는 운동회를 하기로 했다.

3학년인 나는 '고기잡이' 무용을 하는데, 소품으로 종다래끼가 필요했다. 종다래끼를 우리 고장에서는 '종다리'라고 했다.

종다리를 만들어달라고 엄마에게 말했다.

"난 재봉틀로 하는 건 다 해도 그런 건 해보지 않아서 못 해."

"그럼 난 어떡해?"

"아무거나 집이 있는 걸루 해야지 뭐……."

집에는 바구니는 있어도 종다리는 없었다.

그러던 차에 오늘 엄마가 장에 가기로 해서 나는 종다리를 사다 달라고 하려고 기회를 보았다.

"이리 와서 발 줌 뻗어봐."

나는 이때다, 하고 엄마 앞에 털퍼덕 주저앉아서 말했다.

"종다리두 사 와."

옆에 있던 언니가 나섰다.

"그런 걸 장에서 팔기나 한다니?"

"팔걸?"

나는 그렇게 말하며 엄마를 보았다.

"팔긴 팔지, 돈이 아까워서 그렇지."

엄마는 내 발을 노끈으로 재고 나서 아기를 업었다.

엄마가 방을 나서며 언니에게 말했다.

"변또 싸났으니까, 가지구 가."

토요일인데도 엄마는 언니의 도시락을 준비한 모양이었다.

엄마가 신발을 신고 마당으로 내려서면서 "늦지 않게 어이 핵교 가!"라고 말했고, 언니와 나는 엄마 등 뒤에 대고 "안녕히 다녀오세요!"라고 인사했다.

"말할 때는 사투리를 쓰면서 인사할 때는 왜 표준말을 쓸까? 이상하지 않아, 언니?"

침을 삼키며 좀 생각하고 나서 언니가 말했다.

"말은 엄마, 아버지한테서 배워서 그렇고 인사법은 선생님한테 배워서 그럴걸?"

언니는 모르면 모른다고 하지 않았을뿐더러, 어떻게든지 답을 찾으려고 했다. 침착하고 내성적인 언니는 별명이 '새촘이'였고 나는 목소리가 크고 덜렁대서 '덜렁이'였다.

성격은 다르지만, 언니와 나의 꿈은 선생님이었다. 언니는 미술 선생님, 나는 음악 선생님. 사실은 이미자 같은 가수가 되고 싶었다.

그런데 언니가 옆에서, "넌 음악 선생님 해. 풍금을 치면서 아이들을 가르치는 걸 상상해봐, 얼마나 멋있는지를."이라고 말해서 남들 앞에서는 나도 선생님이 되고 싶다고 말했다.

언니는 남들에게 잘 보이고 싶어 했다. 언니가 이렇게 된 데에는 엄마의 솜씨가 한몫했는지도 모르겠다. 우리 집에는 재봉틀이 있고 엄마는 손재주가 좋았다. 대부분의 동네 여자애들은 책을 책보에 둘둘 말아서 허리에 묶고, 남자애들은 책보를 어깨에 사선으로 메고 다녔다. 그러나 언니와 나는 옥양목으로 만든 천 가방을 들고 다녔다. 엄마가 만들어준 것이었다. 가운데에는 코스모스 세 송이가 수놓아져 있었고 오른쪽 귀퉁이에는 파란색 실로 우리의 이름도 새겨져 있었다. 엄마는 옷도 만들어주었는데 보라색 초롱꽃무늬가 있는 포플린 '간따후쿠'는 정말 멋졌다.

"너희들은 좋겠다, 엄마가 솜씨가 좋아서. 아니 재봉틀이 있어서."

언니 친구들이 이런 이야기를 하면 언니는 입을 비쭉하고 말았지만 나는 어깨가 으쓱해졌다.

학교에서 공부는 한 시간만 하고 운동장에 나가서 무용 연습을 했다.

연습을 마친 후 교실로 들어왔을 때 배가 몹시 고팠지만, 선생님은 운동회 준비물을 점검했다. 남자애들은 운동모자, 여자애들은 머리띠와 무용할 때 신을 하얀 덧신 그리고 종다리. 모자와 머리띠는

학교 앞 문방구에서 파니까 그건 다들 준비할 것으로 믿는다면서, 종다리를 준비하지 못한 사람 손들라고 했다. 여러 명이 손을 들었지만, 종다리를 만들고 있는 사람은 손을 내리라고 해서 우리 반에서 나 혼자 남았다. 선생님은 나에게 변소 청소를 시켰다.

"옷은 잘 입고 다니면서 종다리는 왜 못 만든다니?"

"그러게?"

애들이 이렇게 비웃었다.

변소 청소는 얼마든지 할 수 있지만 우물에서 두레박으로 물을 길어 올리는 일은 언제나 두려웠다. 1학년 때 물을 퍼 올리다가 두레박을 우물에 빠뜨려서 소사 아저씨에게 혼났다. 그 뒤부터 나는 물을 길을 때면 범태 오빠에게 부탁했다. 범태 오빠는 나보다 세 살이 많은데 용감하고 씩씩해서 뭐든 잘했으며 내 부탁도 잘 들어주었다. 우리 동네에서는 일가친척이 아니면 오빠라고 부르지 않지만 나는 범태 오빠를 오빠라고 불렀다.

아버지는 범태 할머니를 엄니라고 부르고 할머니도 우리를 보면 '내 새끼'라고 했다.

범태 아버지와 우리 큰아버지는 죽마고우였다고 했다.

그런데 육이오 때 전장에 나가서 두 사람 모두 전사했다고 했다.

우리 아버지도 육이오 전쟁에 나갔다가 팔에 관통상을 입어서 왼쪽 팔이 없다.

이런 이유로 범태 오빠네와 우리 집에는 '용사의 집'이라는 나무 팻말이 붙어 있다.

살아 돌아온 사람이 용사지 왜 다치거나 죽은 사람을 용사라고 할까? 죽은 사람과 다쳐서 돌아온 사람 중에 누가 더 용사일까? 왜 가족사진이 걸려 있는 액자 속에는 큰아버지 사진이 한 장도 없을까? 큰아버지는 정말 있었을까? 죽었을까? 그런 의문이 들었다. 내가 큰아버지에 대해 엄마 아버지에게 물어보면 "예전에 그런 분이 살았었다고, 더 이상 묻지 말라."고 얼버무렸다.

그러나 범태 오빠네 할머니는 우리 큰아버지에 대해, 아주 용맹스럽고 정의감에 불타던 진짜 사나이라고, 그래서 지금도 어느 하늘 아래에서 별처럼 반짝거릴 거라고 말했다.

양동이를 들고 우물에 가면서 나는 범태 오빠가 있을까 하고 6학년 교실에 슬쩍 가보았다. 범태 오빠는 없고 언니가 있어서 "언니!" 하고 불렀다. 언니가 듣지 못했는지 옆에 있던 친구가 언니 어깨를 툭 치며 내 쪽을 가리켰다. 언니가 창가로 다가와서 "왜?" 하고 물었다.

"변소 청소하는 거여. 종다리 땜에……."

언니가 교실에서 나오더니 우물로 갔고 나도 그 뒤를 따라갔다. 언니가 물을 길어주고 변소 청소도 해주었다.

"아부지가 왔으면 좋겠다. 그치?"

"종다리는 범태네서 빌려."

언니는 이렇게 말하고 자기 교실로 들어가버렸다.

우리 고샅에 들어서자 검둥이가 튀어나와서 꼬리를 마구 흔들며

반겼다. 녀석은 마중을 나와 길 안내를 하듯이 앞서서 경중거리며 낑낑거렸다. 뭔가 좋은 일이 생길 때 하는 짓이었으므로 나는 혹시 하고 봉당을 보았다. 댓돌 위에 아버지 구두가 놓여 있었다. 꿈인 것만 같아서 나는 "아부지이!" 하고 부르며 신발을 되나 마나 벗어던지고 안방 문을 열었다. 셔츠의 단추를 끼우던 아버지가 한쪽 팔을 벌리며 흐흐 웃었고 나는 그 팔에 안기며 또 한 번 "아부지이!" 하고 불렀다. 아버지가 성한 팔로 나를 안아주었다. 왼쪽 팔은 쇠갈고리이기 때문에 양팔로 안을 수가 없다. 아버지가 나를 안아줄 때마다 나는 슬프고 서러워서 눈물이 나왔다. 아버지가 내 등을 가만가만 두들겨주었다. 나는 아버지 팔을 치우며 명랑하게 말했다.

"내가 해줄게."

나는 아버지 셔츠 단추를 채워드렸다.

"우리 딸래미가 최고여."

나는 속으로 언니보다 내가 좋지? 이렇게 묻고 싶었지만, 입을 다물었다. 속에 있는 생각을 다 입으로 뱉으면 나나 상대편이 곤란한 처지에 몰린다는 걸 안 것은 언니와 관련된 일들에 관해 물었을 때였다. 내가 이해되지 않아서 물었을 뿐인데 엄마는 이다음에 크면 저절로 알게 된다며 퉁바리를 주곤 했다.

"엄마는 장에 갔어, 언니는 운동 연습하느라 늦게 오구."

아버지가 고개를 끄덕였다.

"추석 대목은 아직 멀었는데, 집에 뭔 일이 있남?"

아버지가 생각났다는 듯이 물었다.

"내 운동화 사러 갔어."

아버지는 가만히 듣고만 있었다.

"내 운동화가 작아서 달리기할 때 발톱이 빠질 것처럼 아퍼. 그래서 벗구 뛰었는데 선생님이 자꾸만 운동화 안 신는다고 야단쳐. 내가 우리 반 대표로 달리기 계주 선수로 뽑혔거든."

고학년은 고전무용을 한다고, 언니는 그 무용 대표로 뽑혀서 족두리를 써야 한다고, 그래서 엄마가 장에 간 것이라고는 말하지 않았다. 언니 얘기만 나오면 입을 다무는 것은 아버지도 마찬가지였으므로.

"시장하지? 뭐가 좀 있나 가보자."

아버지가 부엌으로 가고 나도 따라갔다. 찬밥 두 그릇과 찐 고구마 네 개가 부뚜막에 놓여 있었다.

"햇고구마가 벌써 나왔구면. 이것이면 우리 둘이 먹을 만하겠구나."

아버지가 언니 몫으로 밥 한 그릇과 고구마 한 개를 남겨두고 나머지를 상에 얹었다.

"언니는 도시락을 싸 갔어. 그런데 집에 오면 밥을 또 먹어."

"운동 연습하느라구 배가 고픈가 보구만."

아버지는 그렇게 말하며 상을 들어 올렸다. 아버지의 의수는 그런대로 제 역할을 잘 해냈다.

나는 냉수를 떠서 마루로 나갔다.

아버지는 밥을 내 앞으로 밀어놓고 고구마를 껍질째 먹었다. 아버지는 감자를 먹을 때에도 그랬다. 한쪽 손으로 껍질을 까기에 불편해서 그렇다는 걸 알면서도 나는 그게 속이 상했다. 나는 아버지 손에서 고구마를 뺏으며 말했다.

"아부지가 소여? 돼지여? 뜨물통에 넣으면 되는데 왜 껍질을 먹어?"

말을 해놓고 나니 더 속이 상해서 내 목소리가 울먹울먹했다. 나는 손등으로 눈물을 훔치며 밥을 아버지 앞에 놔드리고 고구마 껍질을 벗겼다. 아버지가 한숨을 쉬면서 한곳을 바라보고 있었다. 껍질을 다 벗겨서 내밀자 아버지가 그걸 받아서 입에 넣으며 슬그머니 밥을 내 앞으로 밀어놓았다.

나는 부엌으로 가서 양푼과 고추장 그리고 신 열무김치를 가져왔다. 밥과 열무김치를 넣고 비벼서 아버지 숟가락을 꽂았다. 우리는 마주 보며 밥을 먹었다. 나는 종다리 생각이 났다. 아버지에게 말을 해봤자 그 손으로 종다리를 만들 수 없을 터여서 한숨이 나왔다.

"뭔 근심 있어?"

나는 입을 다문 채 한숨만 쉬었다.

"저런, 쬐끄만 게 웬 한숨이 그렇게 깊어 그래. 말해봐, 대관절 뭔 일인 거여?"

"종다리가 움써. '고기잡이' 무용할 때 써야 하는데. 그래서 오늘 변소 청소했어."

"그려?"

나는 고개를 끄덕였다.

"맨들문 되지, 뭐."

나는 하마터면 "끼약!" 소리를 지를 뻔했다. 그렇지만 한쪽 손으로 어떻게 종다리를 엮을 수가 있단 말인가…….

"그 무용이나 한번 해보지 그려."

종다리는 종다리고, 만약 아버지가 운동회 구경을 온다면……!

나는 얼른 일어났다. 검둥이가 사립 쪽을 보며 꼬리를 살랑거렸고 범태 오빠가 들어섰다.

"오빠, 우리 아부지 왔다?"

오빠는 잠깐, 하는 듯이 나에게 손을 한 번 들어 보이고는 아버지 곁으로 가서 인사부터 했다. 고개를 한 번 까딱하며 인사를 받은 아버지는 오른손으로 허벅지를 두드리며 장단을 맞추었다.

"아버지가 무용해보라고 하셔서." 이렇게 말해주고 나는 손을 옆구리에 끼고 뒤꿈치를 까딱까딱했다.

범태 오빠가 손뼉을 치며 노래를 불렀다.

"고기를 잡으러 바다로 갈까나 고기를 잡으러 강으로 갈까나."

나는 그 노래에 맞춰 무용을 했다. 검둥이가 겅중거리며 날뛰었고 어디선가 고추잠자리가 날아와 샐비어가 핀 화단에서 뱅글뱅글 맴돌았다.

배운 지 얼마 되지 않았으므로 끝까지 해내지 못하면 어쩌나 했지만, 무사히 무용을 마치고 범태 오빠한테 박수를 받았다.

"추석이 되려면 이레밖에 안 남았잖어. 싸리낭구를 비러 가자!"

아버지가 결심이라도 하듯이 이렇게 말하고 일어섰다. 나는 광에 가서 낫이란 낫을 몽땅 가져왔고 아버지는 숫돌을 펌프 가에 가져다 놓았다. 아버지가 집을 비웠지만, 낫들은 녹슬지 않았다.

김장을 하던 어느 날 엄마가 무를 썰다가 손을 많이 벤 일이 있었다.

"칼이 너무 들지 않아서 그만……."

옆에서 도와주던 범태 할머니가 말했다.

"칼이라는 것이 너무 잘 들어두 탈이구 너무 안 들어두 탈이여."

"칼이구 낫이구 집 안에 연장이라는 연장은 죄다 녹슬었어유. 애덜 아부지는 운제나 올는지 서울만 갔다 하문 함흥차사니 원……."

아버지는 왜 자꾸 어딜 가는 걸까, 언니 또래의 동네 남자애들이 지껄이던 말이 떠올랐다.

"느네 아부진 밖에 여자가 있어서 자꾸만 나가는 거래여."

"맞어. 인숙이는 다른 데서 낳아온 거래여. 엄마가 누군지 모른대여."

내가 언니를 바라보았고 언니가 화난 듯이 밖으로 나갔다.

나중에 밖에 나가보니 부엌칼이 숫돌 옆에 놓여 있었다. 칼은 구정물만 뒤집어썼지 날이 별로 서지 않았다.

"손 비니까 칼 갈지 말어. 애가 할 일 있고 으른이 할 일이 있는 거여."

엄마가 나무랐고 언니는 공손하게 "네."라고 대답했다.

그러나 언니는 그다음 날에도 칼을 갈았다. 어른들이 하는 것처럼 갈다가 물을 부었다. 날이 섰나 햇볕에 비춰보기도 했다. 그렇게 여러 번 하더니 드디어 칼을 제대로 갈아놓았다.

"열 번 찍어 안 넘어가는 나무 읎다더니, 제법 쓸 만하네?"

칼이 쓸 만하다는 것인지, 언니가 쓸 만하다는 것인지 엄마의 아리송한 칭찬을 들은 언니는 자주 칼을 갈았고, 언니가 칼을 갈 때마다 나는 불안해져서 아버지가 얼른 왔으면, 다시는 언니가 칼을 갈지 못하도록 아버지가 집에 있었으면 하고 바랐다.

아버지가 숫돌에 물을 붓고 오른손으로 낫자루를 들고 갈고리 손으로는 낫을 누르며 쓱쓱 갈았다.

"우와, 우와!"

내가 응원의 박수를 보냈고, 아버지 엉덩이가 들썩거렸고 내 머릿속에는 만국기가 펄럭거렸다.

나는 신을 벗어 야경꾼처럼 딱따기를 치며 춤을 추었다.

"쇠쇠쇠 쉬쉬쉬 고기를 몰아서…… 랄랄랄라 아 안녕."

아버지의 고개와 엉덩이가 끄떡끄떡 장단을 맞추었고, 검둥이는 미친 듯이 겅중거렸고, 외양간에서는 목매기송아지가 영문도 모르는 채 날뛰었고, 울타리에서는 나팔꽃이 뚜뚜 따따 나팔을 불었다. 정신없이 신명을 매던 나는 다리가 풀려서 화단에 엎어지고 말았고 채송화가 뭉개져서 내 손바닥에 붉은 꽃물이 묻어났다. 슬쩍 내 모습을 살피던 아버지가 낫을 물에 헹구어서 무릎 사이에 끼우고 손바닥으로 쓰윽 물기를 훑었다. 갈치처럼 은빛으로 반짝거리는 낫이 햇빛을 받아 파랗게 빛을 뿜어냈다. 여차했다간 아버지 손가락이 싹둑 잘려나갈 것 같아서 나는 진저리를 치며 말렸다.

"무서워, 그만해!"

아버지가 낫을 봉당 위에 올려두고는 숫돌에 붓던 물로 구두코에 튄 구정물을 닦았다.

우리 동네 사람들은 대부분 고무신을 신었고 나들이할 때는 작업화를 신었다. 그런데 아버지는 집에서는 작업화를 신었고 나들이할 때는 구두를 신었다. 그런 아버지를 두고 사람들이 이죽거렸다.

"팔 병신인 주제에 구두가 가당키나 해?"

아버지도 남들처럼 고무신과 작업화를 신었으면 좋을 텐데 하는 생각이 들었다.

작업화를 신고 싸리나무 발채를 지게에 얹던 아버지가 나를 보며 물었다.

"같이 갈 텨? 혼자 집이 있으문 심심하잖어."

"칫!"

나는 속으로는 좋으면서도 겉으로는 가기 싫은데 가준다는 듯이 입꼬리를 비틀었다.

"옷 갈어입어야 하잖어."

그러고 보니 나는 학교에서 돌아온 차림 그대로였다. 엄마는 집에서 입는 옷과 학교에 갈 때 입는 옷을 구분해 입혔다. 엄마가 재봉질하는 데 재미를 붙이게 된 데에는 사연이 있었다. 엄마가 나를 임신했을 때, 난데없이 어떤 여자가 세 살 된 딸을 데리고 우리 집에 왔다고, 그 여자는 딸을 우리 집에 두고는 가버렸다고, 엄마가 외가에 가서 이 일을 어쩌면 좋으냐고 하소연하자, 외할아버지가 하룻밤을 재운 후 장에 데리고 가서 재봉틀을 한 대 사주었다고 했다. 내가 외할머니 댁에 갔을 때, 외숙모들끼리 쑤군대는 걸 들었는데, 동네 사람들도 그와 비슷한 소리를 해서 나는 엄마가 언니를 낳지 않았다는 것을 이해하게 되었다.

"쓰봉 입구, 윗도리 긴팔 달린 거 입어. 뱀두 뱀이지만 쐐기 쏘이문 큰나, 쓰라려."

"걱정 마. 그러잖어두 바지 입구 있는 거니까는."

내가 방에서 나오자 지게를 지고 기다리던 아버지가 손을 내밀었다. 내가 손을 잡자 아버지가 봉당에서 마당으로 나를 인도하며 내려주었다. 나는 범태 오빠가 와서 우리 모습을 봐줬으면 좋겠다고 생각했다. 범태 오빠는 오지 않고 대신 검둥이가 길잡이를 하듯이 앞장섰다.

동구 밖을 나와서 들길로 접어들면서부터 검둥이가 킁킁거리며 풀숲을 뒤지는 바람에 풀벌레들이 사방으로 튀었다. 아버지가 작대기를 지게에 얹고 내 손을 잡았다.

"해 안에 댕겨와야 하니까 좀 참어."

"알었어. 걱정 마."

나는 거의 뛰다시피 아버지 보폭에 맞추었다.

"느 성은 말썽 음씨 핵교 잘 댕기구?"

음…… 저, 저어…… 하다가 내 입에서 엉뚱한 말이 튀어나와 버렸다.

"아부지, 범태 오빠하구 나하구는 백군이여. 언니는 무슨 군이게?"

"청군이구먼."

"딩동댕! 맞어, 언니는 청군이여. 언니는 벌써부터 나하구 범태 오빠를 적군이라며 막 갈궈."

아버지는 내 얘기를 듣는 둥 마는 둥 했다.

한참을 가다 보니 손에 땀이 찼다. 손을 바꿔 잡고 싶었지만, 아버지, 왼손은 육이오 전쟁이 앗아가버렸다. 나는 뭔가 억울해졌다.

"아유, 신경질 나."

나는 그렇게 말하며 손을 확 뿌리쳤다.

"다 와가는데 왜 그려."

"뭘 다 와가, 고개두 아직 안 넘었는데."

나는 뛰어갔다.

"인애야, 거기 서 있어봐."

"왜?"

지게를 언덕에 버팅겨놓은 아버지가 나를 반짝 들어서 지게 위 발채에 앉혔다.

"넘어지문 클나니까 꼼짝 말어."

내가 사양하고 말고 할 새도 없이 아버지가 "끄응!" 하면서 일어났다. 검둥이가 뭔 일인가 하면서 귀를 쫑긋 세우고 우리를 보더니 앞장섰다. 나는, 나는(飛) 새도 잡을 것같이 의기양양해졌다.

"여봐라, 꼬마 대장 나가신다, 길을 비켜라!"

오리나무 열매를 뚝뚝 분질러 꺾어보고 손바닥을 칼처럼 세워 나뭇잎을 사사삭! 쳐내보기도 했다. 좋긴 한데 한편으로 뭔가 불안해졌다.

"아부지!"

"왜?"

"내려줘."

아버지가 숨을 헐떡이면서 걸었다.

"오줌 마려!"

아버지가 걸음을 멈추고 지게에서 나를 내렸다. 아버지 힘들까봐 내려달라고 그냥 말한 건데 지게에서 내리고 나니 오줌이 마려웠다. 오줌을 누고 있는데 내 발 바로 앞에서 뱀이 젖은 허리띠처럼 생긴 몸을 질질 끌며 지나가고 있었다. 검둥이가 그걸 보고 킁! 짖었다. 나는 지게 옆으로 갔고 오줌을 눈 아버지가 내 옆에 와서 앉았다.

아버지가 다정스러운 눈길로 나를 바라보다가 내 손을 가져다 손가락을 펼쳤다. 땟국이 꼬질꼬질 묻었고 손톱 밑에는 때가 새카맣게 끼었다. 아버지는 집에 오면 언니랑 내 손을 포개어 얹고 우애 좋게 잘 지내라고 당부하곤 했다. 나는 아버지를 별로 닮지 않았는데, 손은 아버지와 아주 똑같이 닮았다. 전체적인 생김새도 그렇지만 특이하게도 셋째와 넷째 손가락의 크기가 거의 비슷하게 생긴 게 그랬다. 그래서 나는 내 손이 가장 자랑스러웠다. 나는 무조건 아버지 편이다. 이 손이 거지 깡통을 든다고 해도 아버지와 함께라면 상관없다고 생각했다.

산록에 접어들자 인적이 드물어서 마차 바퀴 지나간 자리 외에는 길 가운데에도 풀숲이었다.

산에 도착해서 아버지는 싸리나무를 벴다. 왼손의 의수로 싸리나무를 그러모으고 오른손으로 베어 무더기를 만들었다. 내가 그 무더기를 안아서 옮기려고 하니까 아버지가 쐐기 쏘인다며 못 하게 말렸다.

"벌써 아람이 벌어졌네나 그려."

올밤나무를 올려다보던 아버지가 당신 의수를 보았다. 팔이 멀쩡했더라면 다람쥐처럼 잽싸게 나무를 타고 올라 어여쁜 우리 딸에게 알밤을 따줄 텐데, 하는 것 같았다. 아버지는 지게 작대기로 밤송이를 털었다. 나는 고기, 고기, 옳지 옳지 하면서 아람이 번 곳의 방향을 일러주었다. 아버지가 굵은 알밤을 골라 속껍질까지 이빨로 득득 긁어서 내 입에 넣어주었다. 첫맛은 약간 떫었지만 아닥, 깨물자 비릿하면서도 고소한 풋밤 향기가 입안 가득 퍼졌다. 검둥이에게도 한 알 던져주었다. 식구들 생각이 났고 아버지가 해준 옛날얘기가 떠올랐다.

옛날, 옛날, 아주 깊은 산골에 나무꾼이 살았대여. 어느 날 나무하러 갔다가 날이 저물어 산속에서 길을 잃었대지 뭐여. 그런데 난데없이 주먹만 한 알밤 하나가 뚜욱 떨어졌대능구먼. 아이쿠! 우리 엄니 갖다 디려야지, 했더니 이번엔 더 큰 게 떨어지더래여. 아이쿠 이건 내 동생 거, 그랬대잖어. 탄복을 한 도깨비덜이 금방맹이 은방맹이를 갖다줘서 나무꾼은 아들 딸 많이 낳고 오래오래 행복하게 살다 죽었대여.

　"너는 예 앉어서 알밤이나 까먹구 있어. 아부지는 싸리낭구를 벼 올 테니까는. 한 군데 가만있어. 맨 이끼 천지여, 낙상하문 클라."

　나는 고개를 끄덕였다.

　밤송이를 벌려 알밤을 주머니에 넣을 때마다 아버지의 목소리를 흉내 냈다.

　"어이쿠, 이건 우리 언니 거. 어이쿠, 이건 우리 애기 거."

　"인애야아!"

　"왜!"

　아버지에게서는 아무런 대답이 없었다.

　"난 한 군데 가만히 앉어 있을께에, 걱정 마!"

　"그려어!"

　산속의 메아리가 '마마마', '어어어' 우리의 말을 흉내 냈고 어느 숲에선가 새들이 날아오르는 소리가 들렸다.

　아버지가 싸리나무를 한 짐 지고 와서 내려놓았다.

　"우와! 싸리나무 꽃다발이다!"

　자홍의 싸리꽃이 너무나 아름다웠다. 그런데 그 위에 칡넝쿨로 묶은 산머루 세 송이가 얹혀 있었다.

　"히히, 언니 거, 내 거, 엄마 거."

　이렇게 말하며 한 알을 따서 입에 넣었다. 옴싹 진저리가 처지도록 시고 떫어서 퉤퉤 뱉어냈다.

　"풋머루여. 아직 안 익었는데 보기에 좋아서 따 와봤어."

아버지가 지게를 지고 일어서자 검둥이가 길을 잡았다. 풀숲에 코를 묻고 연신 쿵쿵거리자 풀벌레들이 튀어 올랐다. 뱀이 검둥이 주둥이를 물까 봐 걱정되었다. 나는 검둥이를 불러 내 옆으로 오게 하고, 나뭇가지를 꺾어서 길을 트며 걸었다.

장에 다녀온 엄마는 아기를 옆에 뉘어놓고 옷감을 잘라 언니의 족두리를 만들고 언니는 그 옆에서 구경하는 중이었다. 그 옆에는 엄마의 장짐이 풀어져 있었는데, 내 운동화는 물론이고 언니 몫의 한복 옷감과 부채 그리고 풀빵 봉지가 있었다. 언니가 부엌으로 가서 냉수를 한 사발 떠다가 아버지에게 드렸다. 아버지는 우선 나에게 먹게 하고 남은 물을 마셨다. 언니가 풀빵 봉지를 풀어서 아버지에게 드렸고, 아버지가 "느덜이나 먹어라, 아부진 싸리낭구나 손볼 테다." 하면서 지게 쪽으로 갔다.

날이 어둑어둑해졌는데도 엄마는 족두리 만드는 일에만 열중했다. 팔각 성냥통에 옷감을 대어 꿰맨 다음 턱에 걸 수 있도록 고무줄을 달았고 시영 열매만 한 분홍 구슬을 매달았다. 성냥통이 감쪽같이 족두리로 변했다. 마음에 드는지 언니의 얼굴이 환해졌다.

"이리 대여."

엄마의 말에 언니가 고개를 들이밀었고 엄마가 족두리를 씌워주었다. 거울 앞으로 가서 자기 모습을 보는 언니 눈에 눈물이 고였고 거울을 본 엄마의 얼굴에는 흡족한 미소가 번졌다.

엄마는 부엌으로 들어갔고 아버지는 싸리나무를 마당에 펼쳐놓고 도리깨질을 했다. 뒤집어서 두들긴 다음 지게에 지고 가서 도랑에 담가놓았다. 잎을 떼어내고 쐐기를 털어내고 나무에 물을 먹여 부드럽게 하기 위해서라고 했다.

저녁상이 들어왔다. 나는 새 운동화를 신은 채, 언니는 족두리를 쓴 채 밥을 먹었다. 우리를 바라보던 엄마와 아버지가 서로 마주 보며 클, 클 웃었고, 무 넣고 지진 자반고등어가 맛있어서 언니와 나도 낄낄 웃었다.

이튿날, 학교에서 돌아와보니 집에는 아무도 없었다. 나는 순간 아버지가 그새 마음이 변해서 가버렸나 하고 가슴이 철렁 내려앉았다. 내가 온 줄 알면 검둥이가 달려올 텐데 녀석도 보이지 않고 암탉만 울타리 밑에 파놓은 제 구덩이에서 잠꼬대하듯이 "고르륵 고올골" 소리를 냈다.

그때 엄마가 아기를 업은 채 머리에 대야를 이고 한쪽 옆구리에는 소쿠리를 끼고 오고 있었다. 나는 냉큼 일어나서 뛰어갔다.

"아부진?"

엄마가 내 머리통을 갈기며 욕을 했다.

"이 기지배야, 아부지 줌 그만 받치고 이거나 받어."

나는 소쿠리를 머리에 이려고 구부려 앉았고 엄마가 소쿠리를 내 머리에 얹어놓았는데, 무거워서 오금이 풀렸고 그 바람에 소쿠리가 나동그라졌다. 풋호박과 호박잎, 대파와 쪽파, 푸른 고추, 붉은 고추, 가지, 오이 등이 모래바닥에 쑤셔 박혔고 야구공보다 약간 큰 호박이 데구루루 굴러서 개울에 빠져버렸다.

"덜렁이 하는 짓이 그렇지."

엄마가 혀를 찼다.

아버지가 싸리나무를 건져다 평상에 널었다.

저녁을 먹고 나서, 엄마가 처마 끝에 남폿불을 매달았다. 석유 아깝다고 여간해서 밝히지 않는 불을 켜놓으니 잔칫집 같은 분위기가 났다. 범태 오빠와 오빠네 할머니가 오셨다. 아버지가 황망하게 일어나 할머니를 맞았다.

"아이구, 엄니…… 제가 먼저 찾아뵀어야 했는데……."

할머니가 아니라고, 괜찮다고 고개를 저으며 평상에 앉았다.

엄마가 삶은 땅콩과 고구마를 가져와 할머니 앞에 놔드리자, 할머니가 엄마 등에 업혀 있는 아기를 내리게 했다. 할머니는 아기를 안고 둥개둥개 해줬고 아기가 까르륵 까르륵 웃었다.

범태 할머니는 손재주가 유별나게 좋아서 동네 사람들이 도깨비 할머니라고 불렀다. 짚으로 잔 새끼를 꼬아 삼태기를, 부들 줄기로 꽈리를, 댕댕이 덩굴로는 씨앗을 담기 좋은 오목한 종다리를, 그리고 싸리나무로는 발채뿐 아니라 채반과 소쿠리 등 별의별 것을 다 만들었다.

사람들은 범태 할머니가 손재주가 너무 좋아서 자식과 며느리를 잃었다고 했다.

범태 아버지가 전사하고 나서 범태 엄마는 자리에 앓아눕더니 얼마 안 있어 동네 방죽에 빠져 죽었다. 그 뒤 범태 할머니는 혼자서 외동 손자를 극진하게 거두었다. 전쟁 중에 부상 입은 상이용사들이

구걸하러 오면 따뜻한 밥을 지어서 먹여 보냈다. 동네 사람들이 멸시할 때 할머니는 아버지를 두둔하고 우리들에게 용기를 주었다.

"느덜 아부지는 나라를 위하여 싸운 용사여, 저게 그 징표란 말여."

갈고리 손을 했거나 목발을 짚고 동냥을 얻으러 오는 깡패 같은 사람들도 우리 집에 왔다가 '용사의 집' 팻말을 보면 "전우의 집이구나." 하면서 거수경례를 붙이고 다른 집으로 갔다.

마당에 멍석을 펴고 싸리나무를 그 위에 펼쳐놓자, 모두 멍석에 둘러앉았다.

할머니가 싸리나무 껍질 벗기는 시범을 보였다. 먼저 싸리나무의 배를 가르고, 싸리나무가 잘린 밑 부분에 창칼을 살짝 집어넣으며 검지로 들뜬 껍질을 누르며 벗겨내야 했다. 갈색 나무껍질을 벗겨내자 매끈하고 뽀얀 속살이 드러났다. 날고구마나 무 껍질을 벗기는 일과 별로 다르지 않아서 쉽게 따라 할 수 있긴 했는데, 싸리나무는 길어서 호흡을 참아가며 끊기지 않도록 한목에 벗겨내야 했다. 나무를 쪼개는 일은 할머니와 범태 오빠가 했고 나머지는 껍질을 벗기고 아버지는 알맹이를 모아놓고 껍질 치우는 일을 맡았다. 일손이 맞아서 금세 껍질 벗긴 싸리나무가 쌓였고 할머니는 싸리나무로 종다리를 엮기 시작했다.

엄마가 평상에 앉아 부침개를 부쳤고 우리는 일손을 놓고 부침개를 먹었다.

"아이구, 맛나다. 한잔 했이문 좋겄다!"

할머니가 말했고 아버지가 범태 오빠를 보며 말했다.

"너, 주막에 가서 막걸리 한 되만 받아오런?"

"네, 아저씨."

범태 오빠의 대답이 떨어지기 무섭게 언니가 부엌으로 가서 양은 주전자를 내왔다.

엄마가 범태 오빠에게 일렀다.

"주전자 주둥이를 호박 잎사구르다 틀어막어. 술이 쭐렁거리지 않게 조심하구설라무네."

"네에!"

범태 오빠는 대답을 시원스럽게 하고 뛰어나가더니 얼마 안 되어 술을 사 가지고 돌아왔다.

아버지가 할머니 잔에 술을 따라드리고 할머니가 주전자를 받아 아버지 잔에도 술을 따랐다.

두 양반이 말없이 잔을 높이 들고 하늘을 쳐다보았다.

"애비야, 이 무정한 눔아. 이 에미 술 마신다. 잘 보거라."

두 양반이 술잔을 가볍게 부딪치고는 술을 마셨다.

연거푸 두 잔을 마신 할머니의 얼굴이 금세 벌게졌다.

"애비야, 나 노래 한 자락 할란다."

아버지가 대답하기도 전에 할머니가 목청을 가다듬었다.

"석탄 백탄 타는 데는 연기나 펄펄 나지요, 이내 가슴 타는 데는 연기도 김도 안 나요……"

할머니가 술만 드시면 부르는 노랫가락이었다.

소운동회 날이었다.

만국기는 걸리지 않았지만, 운동장에는 흰 금이 그어져 있어서 운동회 기분이 났다.

선생님들도 청군 백군으로 나뉘어 모자를 썼고 남학생들은 모자를 여학생들은 머리띠를 했다. 운동회 전체를 지휘하는 호랑이 선생님이 구령대 위에 올라가서 학생들을 정렬시키고는 난센스 퀴즈를 냈다.

"전쟁과 운동의 같은 점은?"

"싸운다!"

시시하다는 듯이 6학년 학생들이 대답했다.

"다른 점은?"

이번엔 대답을 하지 못했다.

"전쟁은 싸울 때 피를 흘리고 운동은 땀을 흘린다."

운동장은 조용해졌고 선생님이 이어서 말했다.

"땀을 흘리면 정신과 육체가 건강해진다. 최선을 다해서 열심히 싸워주기 바란다."

우리는 모두 박수를 쳤다.

6학년들이 하는 기마전이 제일 인기가 많았다. 네 명이 한 팀이며 세 명이 말이 되어 한 명을 목말로 태워서 상대편의 모자를 벗기는 경기였다. 백군의 주장은 범태 오빠였고 청군의 주장은 전날 연습하다가 다쳐서 소운동회에 뛰지 못하게 되었다. 편은 다 짜놓았는데 일이 이렇게 되어서 걱정이라고 했다. 그런데 언니가 자기가 주장을 하겠다고 나섰다. 언니는 원래 야무진 데다가 아홉 살에 입학해서 또래들보다 덩치가 컸으므로 청군 선생님은 좋다고 허락했다. 모자를 빼앗겨서 실격을 당한 팀도 있지만 다리가 풀려서 목말 위에 있던 사람이 땅바닥으로 떨어지기도 하는 등 치열한 싸움이 벌어졌다. 드디어 마지막에 청군 백군 딱 두 팀이 남았다. 백군 팀은 범태 오빠이고 청군 팀은 언니네 팀이었다. 나는 백군 이기라고 목이 터져라, 외쳤다. 범태 오빠가 언니가 쓴 모자를 벗기면서 "이야!" 하고 소리를 질렀고 백군이 모두 함성을 질렀다.

드디어 진짜 운동회날이 되었다.
아버지가 운동회에 참석한 것은 처음 있는 일이어서 언니와 나는 아침부터 들떴다. 우리는 범태 오빠네와 나란히 돗자리를 펼쳐놓고 한집처럼 앉았다.
내가 무용을 할 때 아버지가 가까이 와서 구경을 했고 나는 너무나 기분이 좋았다.
고학년의 고전무용이 펼쳐졌다.
한복을 입고 부채춤을 추자, 여기저기서 멋있다고 탄성을 질렀다. 카메라를 든 신사가 무용수들 가까이 가서 셔터를 눌러댔다. 무궁화 꽃처럼 활짝 펼쳐서 부채를 팔랑팔랑 흔들던 무용수들이 스르륵 무릎을 꿇을 때 한가운데 꽃술처럼 앉아 있던 선녀가 일어나 맴을 돌며 춤을 추었다.
"선녀가 납셨네!"

"쟤 한인숙이지? 전교 일등 한인숙?"

"맞아. 전교 일등이면 뭐 해. 쟤 아버지가 월북했다던데 연좌제에 걸려서 아무것도 못 할 텐데."

그 말을 옆에서 듣고 있던 우리 동네 어른이 끼어들었다.

"월북한 게 아니고 인민군에게 포로로 끌려가서 행방불명이라던데요?"

6학년 달리기가 시작되었다.

'손님 찾기' 프로그램에서 언니가 집은 패는 '한복 입은 할머니 업고 달리기'였고 범태 오빠가 집은 패는 '용사와 함께 달리기'였다. 언니는 범태 할머니를 업고 범태 오빠는 우리 아버지와 손잡고 뛰었다. 나는 "백군 이겨라!" 하고 목이 터져라, 외쳤고 범태 오빠와 아버지가 일등 했다. 지금까지 살면서 이렇게 신나본 적이 없을 정도로 기뻤으므로 범태 오빠에게 달려가서 손을 잡고 응원가를 불렀다.

"이 세상에 청군 없으면 무슨 재미로 해가 떠도 청군 달이 떠도 청군, 청군이 최고야. 아냐 아냐, 백군이 최고야."

범태 오빠는 자리에 앉고 아버지가 줄 밖으로 나가고 나자, 6학년 청군 여자애가 나에게 눈을 흘기며 말했다.

"칫, 갈고리 팔 상이용사가 일등 해봤자지."

순간, 나는 아찔하게 현기증이 일었다.

"야, 너 방금 뭐라 그랬어?"

언니가 소리 질렀다.

"뭐라 그랬냐고!"

언니가 6학년 청군 여자애에게 한 발 다가서서 따지면서 주먹을 불끈 쥐었다.

"상이용사라고 했다 왜. 팔 병신이라고 해줄까?"

언니가 그 여자애의 머리끄덩이를 잡아채서 땅바닥에 패대기쳤다.

"언니, 그만해, 그만!"

내가 언니 팔을 붙들었다. 언니가 나를 안았고 나도 언니를 안았다. 우리는 부둥켜안고 목놓아 울었다.

진자의 반격

"언니!"

진자는 나를 불러놓고는 침을 한 번 꼴깍 삼킨다.

"요즘엔 간편식이 너무 잘 나와. 국이고, 찌개고 마트에 가면 다 있어. 사다가 그냥 데우기만 하면 돼. 며느리는 그게 돈이 덜 든다고 하고. 애들도 내가 해준 것보다 그런 걸 더 잘 먹어."

"그래서?"

"애들은 학교 끝나면 학원 차가 실어 갔다가 집까지 데려다줘. 난 이제 집에서 군식구야, 언니."

군식구 취급이라니, 진자가 많이 섭섭할 것 같다. 그렇지만 내가 나설 게제도 아니고 나는 그냥 쯧! 하고 입맛을 다신다.

"박 선생이 진미분식 건물을 인수했다는 소리 언니도 들었지?"

박 선생은 건물 인수 기념으로 풍물반 식구들에게 한턱내기까지 했다.

"일억만 빌려줘, 언니. 진미분식, 그거 내가 다시 해보게."

일억, 있긴 하지만 적은 돈은 아니다.

"보증금이 오천. 권리금 오천. 합해서 일억이 필요해."

"권리금이 오천이나 붙었어?"

'요즘 장사 안 돼서 난리들인데 괜히 손댔다가 권리금만 떼이면 어쩌려고?'

나는 뒤의 말은 꺼내지 못한다.

"언니이……."

진자가 제 몸을 흔들어대며 애교를 부려대는 통에 나는 물어본다.

"월세는 얼만데?"

"삼백."

"삼백?"

기껏 장사해서 삼백씩이나 월세를 내고 나면 뭐가 남을까 싶다.

"이건 비밀인데 언니. 박 선생이 먼저 나보고 해보라고 했어. 내가 하면 월세도 깎아주고, 임대 기간도 오 년으로 해준대."

우리 셋은 풍물반에서 활동하고 있는데 박 선생은 회장이고 나는 총무이다. 진자는 나보다 삼 년 늦게 들어왔다. 나와 이종사촌지간이라고 하자, 박 선생은 단박에 "진자 처제, 앞으로 잘 부탁합니다."라고 너스레를 떨었다.

그 뒤로 우리 셋은 자주 뭉쳤는데 박 선생은 꼬박꼬박 진자를 '진자 처제'라고 불러왔다. 그런데 지금 돌아가는 이 상황은 뭔지. 나는 두 사람에게 뒤통수를 맞은 것 같다.

"너, 그렇게 수완이 좋으면서 뭐 하러 나한테 아쉬운 소리 하니?"

"언니, 그게 무슨 억지유? 동냥도 안 줄 거면서 왜 쪽박부터 깨려고 그래?"

진자가 식식거린다.

"박 선생한테 아예 공짜로 달라고 해."

"알았어. 그럴게. 당장 가서 그럴 거야."

진자가 발딱 일어난다. 눈을 동그랗게 뜨고 나를 쳐다보는 눈에 금세 눈물이 고인다. 홱 돌아서서 눈물을 훔치며 가버린다.

우리는 오늘 박 선생과 셋이 야외로 나가 점심을 먹기로 했다. 그런데 진자가 할 말이 있다며 우리 집으로 조금 일찍 와서 식당 이야기를 하게 된 거였다. 그런데 저렇게 삐져서 가버리니 난감하다.

약속 시각은 아직 삼십 분 더 남았다. 외출 준비를 하는 내 머릿속이 뒤엉킨다.

혹시 진자가 박 선생에게 못 간다고 전화한 것은 아닌지, 진자가 가지 않으면 자기도 가지 않겠다고 하는 것은 아닌지, 나 빼놓고 둘만?

마음이 조급해진다. 입고 가려고 꺼내놓은 잠바와 청바지 대신 정장에 하이힐로 갈아 신고 집을 나선다.

주위를 둘러보지만 진자는 보이지 않고, 박 선생의 차가 눈에 들어온다. 나는 한달음에 달려가 몸을 숨기듯이 냉큼 올라탄다.

"갑시다. 진자 처제는 일이 있어서 못 온다네요?"

진자가 박 선생에게 전화를 한 모양이다. 내가 대답하지 않자, 박 선생 얼굴이 약간 굳어진다. 심통이 나는 건 나다.

'진자에게 진미분식 하라고 말했어요?' 묻고 싶지만 따질 권리는 없으니 참는다.

"같이 가자고 전화 한번 해보든가요."

내 말이 떨어지기 무섭게 그가 액셀을 밟는다.

부릉!

갑자기 출발하는 바람에, 거치대에 붙어 있던 휴대폰이 떨어진다. 그걸 집어 들고 운전자가 보기 좋도록 내 왼쪽 무릎에 올려놓는다. 그의 눈길이 휴대폰 속의 내비게이션에 꽂힌다. 공들여 머리를 말고 눈썹 그리는 데 십 분이나 허비했건만 그의 눈길은 휴대폰 위로는 한 뼘도 더 올라오지 않는다.

신호대기 하는 동안 그는 휴대폰을 가져다 거치대에 장착해놓는다.

국도로 접어든 차는 저속주행을 하는데도 툭하면 학교 앞이나 마을 앞 과속방지턱에서 급브레이크를 밟아댄다. 운전 미숙은 아니고, 정신이 다른 데 팔려 있어서 그런 모양이다. 갔던 길을 두 번이나 돌아 나온 끝에 도착지에 닿았다.

손두부 전문점이다. 이걸 먹자고 여기까지 왔나 싶게 음식 맛이 형편없다.

그렇지만 단둘이 식사하는 이 시간이 나는 좋다. 그의 젓가락이

가는 반찬을 그쪽으로 밀어준다. 그도 나를 따라 한다. 어묵볶음은 내게 금지 품목인데 그의 친절에 부응하느라 그것만 연신 집어넣다 보니 어느새 밥이 반이나 줄었다. '외식할 땐 반 공기' 내가 세운 규칙을 지키기 위해 숟갈을 놓는다. 그도 냅킨을 집어 입 주변을 닦고 일어선다.

어디 풍광 좋은 데 가서 차를 마시겠지. 생각만으로도 기분이 달콤해진다.

"해 떨어지기 전에 집에 갑시다."

헐.

"해는 아직 중천에 떠 있는데요?"

그가 큭, 하고 웃으며 나를 한 번 쳐다본다. 나는 얼굴이 화끈거린다. 그가 앞장서서 자기 차로 간다. 그 차를 타고 싶지 않다. 단풍이 들어가는 나뭇잎도 예쁘고, 차려입고 나온 옷도 오늘 날씨에 제격인데 좀 더 놀다가 분위기 좋은 데 가서 진한 커피를 마시고 싶다.

뚱하게 입을 내밀고 그의 차에 오른다.

그가 내비를 켠 채로 자기 휴대폰을 내 손에 쥐여준다. 내비에는 카페 이름이 떠 있고 차가 올 때와 다른 길로 접어드는 걸 보니 카페에 가는 모양이다.

강변을 끼고 도는 풍광이 그럴듯하긴 한데, 옆구리 찔러 절 받는 기분은 떨쳐버릴 수가 없다. 치사하다. 나는 목적지를 우리 집 주소로 바꿔서 그의 휴대폰을 거치대에 꽂는다. 그의 얼굴이 굳어지면서 차 안엔 냉기류가 흐른다.

길이 막힌다. 그야말로 해는 아직도 중천에 떴는데 왜 막히는지. 점점 더 막힌다. 주차장처럼 차가 즐비하게 늘어선다. 멀미 기운이 올라온다. 가슴을 콩콩 치면서 창문을 열었다 닫았다 하자, 그가 이마에 내 천 자를 그린다. 지하철역 표시가 나타난다. 내 머릿속에 푸른 신호등이 켜진다. 다음 역에서 내려야지, 벼르고 있는데 자동차는 지하철역을 훅 지나쳐버렸다. 하필 그때 길이 뚫리는 바람에 기회를 놓쳐버린 것이다. 차가 횡단보도 앞에서 신호대기 중에 멈춘다. "죄송해요." 하면서 나는 총알같이 내려버린다. 기다렸다는 듯이 그의 차가 대가리를 안쪽 차선으로 들이민다. 일차선으로 끼어든 그의 차는 눈 깜짝할 사이에 유턴해서 시야에서 사라진다. 닭 쫓던 개 지붕 쳐다보는 심정이 이런 거겠지. 나는 지친 발걸음을 떼어놓는다. 기분이 바닥으로 떨어져 뒹군다.

　예순 살 먹은 여자는 여자도 아니란 건가? 마른 꽃은 꽃도 아닌 건가? 진자가 빠지고 나면 나를 여자로 대해줄 줄 알았더니만…….

　시골 장터에 내놓인 강아지처럼 마음의 정처를 잃고 나는 서 있다.

　비상금을 꺼내듯, 나는 휴대폰을 켠다. 진자에게서 카톡이 한 통 와 있다.

　'어디야?'

　'집'이라고 답을 하자마자 전화벨이 울린다.

　"지금 가도 되지?"

　"음."

마트에 들러 진자가 좋아하는 삼겹살과 소주를 사 가지고 돌아오니, 현관 앞에서 기다리고 있던 진자가 내 손에 든 짐을 낚아채며 퉁바리를 놓는다.

"집이라매?"

나는 대꾸하지 않고 집 안으로 들어선다.

종일 구두 속에 갇혀 있던 발을 해방시키자 살 것 같다. 휴대폰을 아무렇게나 던져두고 몸을 부리듯이 소파에 벌러덩 눕는다.

"아, 피곤해!"

내 휴대폰에서 카톡 오는 소리가 난다. 진자가 그걸 들여다보며 큰 소리로 읽는다.

"오늘 고생 많았소."

진자가 이죽거린다.

"쳇, 피곤도 하시겠지. 그 연세에 청춘사업 하자니 기력이 좀 달리시겠어?"

진자를 피해 방으로 들어간다. 몸에 걸쳤던 장신구를 풀어놓고 거울을 본다. 지치고 피곤한 할망구가 인상을 구기고 있다. 꼴도 보기 싫어진다. 갈아입을 옷을 들고 화장실로 들어가 욕조에 몸을 담근다. 노글노글 피로가 풀린다. 밖에 있는 저 화상을 보내버리고 와인이나 한잔하고 곯아떨어지고 싶은데 가라고 할 수도 없고, 목욕이나 할 테다. 샴푸한 머리에 헤어 팩을 바르고 헤어 캡을 쓴다. 내친김에 얼굴에도 마사지 팩을 올린다.

오늘 단둘이 마주 보고 식사하게 될 줄 알았더라면 어제 이렇게 할걸. 아니 그냥 못 이기는 척하고 카페에 갈걸. 씁쓸해진다.

"가슴속에 스며드는 고독이 몸부림칠 때……."

진자가 자가발전기를 돌리는 소리다. 진자는 기분이 가라앉을 때면 노래를 불러 기운을 북돋우는데, 그게 자가발전기 돌리는 거란다.

"그만하고 나오셔!"

나는 진자의 말에 대답하지 않고, 욕조에서 나와 방으로 들어간다. 상기된 얼굴이 아까보단 좀 나아 보인다. 꼼꼼하게 로션과 영양크림을 발라준다. 밖으로 나가보니 식탁 위에는 상이 차려져 있다.

"저녁은 아직 이르고, 술이나 마십시다."

진자가 소주 병을 든다.

"자!"

진자가 술병을 들고 주문했지만, 나는 잔을 들지 않고 휴지를 집어 귀를 쑤신다. 진자가 내 잔에 술을 따르고 제 잔에도 따르더니 잔을 든다. 나도 잔을 들자 진자가 내 잔에 대고 부딪친다.

"나, 내일 엄마한테 다녀올 거야. 시골집도 둘러볼 겸. 언니도 갈래?"

진자와 나는 한 고향에서 나고 자랐다. 부모님이 돌아가신 후 우리는 집을 팔아버렸지만, 진자네 친정집은 그대로 있다. 이모님이 얼마 전에 요양원에 들어가셔서 당장은 집이 비어 있다.

"뭐 타고 갈 건데?"

"버스."

나는 고개를 젓는다. 버스 타고는 가기 싫다.

진자가 자기 잔을 내 잔에 부딪치며 외친다.

"사랑을 위하여!"

진자가 애창하는 권주 구호이지만 정작 진자의 사랑은 부재중이다.

진자는 열렬히 사랑하는 남자와 결혼했다. 아들을 낳고 나자 남편이 전세 보증금까지 빼서 여자와 함께 야반도주해버렸다. 오갈 데 없어진 진자가 아들을 업고 나를 찾아왔다. 나는 남자를 사귀고 있었던 때라서 진자를 우리 집에 들일 수는 없었다.

마침 그때, 동네에 쪽방이 딸린 분식점이 나온 게 있어서 진자가 그 가게를 할 수 있도록 돈을 대줬는데 그게 바로 진미분식이다. 진자는 진미분식 골방에서 아들을 잘 키워냈고 교사 며느리도 보았다. 며느리가 출산하자 진자는 손주를 봐주기 위해 가게를 접었다. 그 시점에, 나는 사귀던 남자와 결별했고 그 후유증으로 몹시 휘청거렸다. 진자는 눈만 뜨면 애를 업고 우리 집으로 왔다. 진자의 손주를 함께 돌보고, 어릴 때 먹던 고향 음식을 만들어 먹다 보니, 내 마음에 간 금도 시나브로 봉합되었다.

"진미분식 꼭 할 거니?"

"그 얘긴 왜 해. 술맛 떨어지게."

진자는 벌써 얼굴이 벌겋다.

"오늘 박 선생하고 진도 많이 나갔지?"

"미친, 그런 사이 아니라는 거 너도 알잖아."

"쳇. 이것도 아니고 저것도 아니고 그게 뭐야."

사실 박 선생과 나 사이가 그렇다. 이것도 아니고, 저것도 아니고.

"정리해버려. 의자를 비워야 사람이 와서 앉는 법이니까."

"사돈 남 말하고 있네. 너나 네 남편 그만 놔줘."

진자가 눈을 허옇게 뜨고 날 쏘아본다. 진자가 가장 싫어하는 말이 내 입에서 나가버린 것이다. 진자가 식식거리며 내 휴대폰을 집어 든다.

"그, 동, 안, 고, 마, 웠, 습, 니, 다."

한 자 한 자 찍으며 문자를 읽어나가다가, 내게 묻는다.

"보낸다?"

갑자기 박 선생의 마음을 나도 알고 싶어진다. 진자가 휴대폰에 검지를 얹어놓고 숫자를 세기 시작한다.

"셋, 둘, 하나, 땡!"

이별의 활시위는 당겨졌다.

진자가 내 어깨를 한 번 안았다 놓고는 우리 두 사람의 휴대폰을 모두 꺼서 구석 쪽으로 밀어둔다.

'이것이 나를 완전히 정리하게 해놓고 나서 자기가 만나려고 그러나?'

의구심이 인다. 아무튼 통고를 했으니 그쪽에서 무슨 반응이 있을 것이다.

"언니? 오늘 진탕 한 번 마셔보자, 우리."

내가 박자를 못 맞추자, 진자는 자꾸만 내 손에 잔을 쥐여주고는 저 혼자 마셔댄다.

"민수 아빠 더 심해졌대."

돈 얘기하려고 온 줄 알았는데, 그게 아니라 진자는 마음이 아파서 온 모양이다.

창가엔 어둠이 내려앉았고 진자는 자가발전기를 돌린다.

"가슴속에 스며드는 고독이 몸부림칠 때 갈 길 없는 나그네의 꿈은 사라져 비에 젖어 우네."

'너무나 사랑했기에 너무나 사랑했기에 빗소리도 흐느끼네' 이 대목에 가서 진자는 울음 섞인 목소리로 징징거리며 주절거린다.

"가망 없다나 봐, 그 인간 넘 넘 불쌍해. 불쌍해 주욱⋯⋯겠어, 언니."

진자는 앉은 자리에 그대로 누워버린다. 들어가서 자라고 할까 하다가, 베개와 이불을 가져다주고는 거실 불을 끈다. 바람이 잠투정하듯 창문을 흔들어댄다. 커피를 내려서 베란다로 나가본다. 비가 온다. 박 선생이 생각난다.

인터폰이 울린다. 진자다. 불길한 예감 한 오라기가 내 머리에 쭈뼛 일어선다. 조심스럽게 문을 연다.

"죽었대⋯⋯."

"⋯⋯."

진자를 부축해서 식탁 의자에 앉히고, 등을 토닥이며 나도 따라 울어준다. 눈물을 훔치며 일어나, 냉수를 마시고 진자에게도 한 컵 떠다 준다. 진자는 냉수를 마시고 나더니 거실 바닥으로 내려앉아 손빗으로 머리를 빗는다. 휴대폰을 집어 든다.

"아들, 지금부터 엄마가 하는 말 잘 들어. 너는 누가 뭐래도 우리 집안의 맏상제야. 알겠니?"

"네."

스피커폰 통화라서 민수의 말도 또렷이 들린다.

"병원에 전화해서, 아버지를 우리 동네로 모셔 오겠다고 말해. 그 다음, 우리 동네 병원 장례식장에 전화해서 방을 받고, 방 호수 나오면 부고를 알려. 내 말 이해했지?"

"네. 그렇게 할게요."

진자는 화장실로 들어가 샤워하고 머리까지 감고 나온다.

"언니. 요새 입는 까만 투피스 있지? 그것 좀 빌려줘."

내가 고개를 끄덕이며 안방으로 들어가자 진자도 따라 들어온다. 화장대 앞에 앉아서 귀고리와 목걸이를 풀어놓고 얼굴을 매만진다. 내가 건네준 투피스를 입는다.

"잘 어울린다. 너, 아주 입어."

진자는 고맙다는 말 대신 한숨을 한 번 크게 내쉬고는 아무 말 없이 내 집에서 나간다.

나는 기분이 좀 그렇다.

옷을 줬으니, 고맙다고 빈말이라도 해야 하는 거 아닌가? 큰일을 당했는데, 나에게 일언반구 의논 한마디가 없네, 이것이?

슬슬 배알이 꼴린다. 내가 예전에 사귄 그 남자가 유부남이라서 나를 무시하는 것 같다. 조강지처라는 낡은 허울이 무슨 감투라도 되는 양 뒤집어쓰고 장례식을 진두지휘할 생각을 하니 그 꼴을 봐주기 싫어진다. 장례식장엔 가지 않을 테다.

삼우제까지 끝난 뒤에, 나는 이종사촌 처형으로서 도리를 하려고 봉투를 준비해서 진자네 집에 들렀다. 진자는 고향집에 다니러 가서 없고 며느리만 있었다. 거실에는 큰 노트북만 한 밥상이 있고 그 위에 진자 남편의 사진과 향불이 놓여 있었다. 나는 향에 불을 붙여서 꽂아놓고 묵례를 했다.

고향에 내려간 진자는 자기 어머니가 입원한 요양원에 요양보호사로 취직을 했다.

무료로 요양보호사 자격을 딸 수 있는 프로그램이 구청에 개설된 적이 있었다. 당시, 우리 친정어머니가 치매기가 약간 있었는데, 가족이 환자를 돌보아도 국가에서 돈을 준다기에 보험 삼아 따두자고 진자를 꼬드겨 함께 다녔다. 그게 진자와 나를 갈라놓는 자격증이 될 줄이야.

늘 내 곁에 붙어 있던 진자가 없으니 내 인생에 뭔가가 하나 빠진 것 같다. 미용실이나 목욕탕 같은 델 가도 영 재미가 없다. 동생은 어쩌고 왜 혼자 왔냐고 물을 때, 나는 기운이 빠진다. 독거노인이 고독사했다는 뉴스를 볼 때 남의 일 같지 않다. 가을은 점점 더 깊어지는데 나는 완전히 외톨이가 되어버렸다.

진자도 볼 겸 이모님도 뵐 겸 해서 시골에 다녀왔다.

요양원의 주인은 진자의 오촌 당숙이라고 했다. 요양보호사로 취직했다더니 진자는 말쑥한 유니폼을 차려입고 방문객을 응대하고 환자들의 고충도 상담해주고 있었다. 내가 찾아간 날은, 어떤 환자가 생일을 맞았는데 그에게는 면회 온 가족이 없다고 했다. 진자가 이벤트를 벌여주자고 해서, 돈을 좀 보태면서 나도 참여했다. 간단한 생일 축하상이 차려졌고 진자가 장구를 치면서 다 함께 노랫가락을 불렀다. 환자들이 너무나 즐거워했다. 나도 즐거웠다.

이 일이 계기가 되어 앞으로 그 요양원에서는 매달 한 번씩 그렇게 이벤트를 벌이기로 했으며, 점심 시간이 끝난 오후 시간에는 휴게실에 모여 오락 시간을 갖기로 했다고 진자에게서 전화가 왔다.

진자도 없고, 박 선생과의 관계가 껄끄러워서 풍물반에 나가지 않는다.

내 몸 건강하고, 경제적 여력이 있으니 나의 노후는 걱정이 없을 줄 알았는데 그게 아니다. 하루해는 너무 길고, 무료하고, 삶은 너무 공허하다.

박 선생에게서 문자가 왔다. 그동안 전화가 몇 번 오긴 했지만 받지 않았다. 문자는 처음이다. 문자를 꼼꼼히 읽어본다.

'결별 문자를 받고 많이 생각했어요. 우리 '베프' 맺읍시다.'

기분이 나쁘지 않다. 답을 보낸다.

'생각해볼게요.'

그가 득달같이 달려와서 차를 마셨고 영화를 보기로 했다. 나란히 앉아 팝콘을 집어 먹을 때, 이 사람이라도 옆에 있는 게 낫구나 싶어서 계속 만났고 그의 집에 초대되어 저녁도 먹었다. 그러다 우리 집에도 와보게 되면서 우리는 더욱 가까워졌고 결국 1박 2일 여행까지 하게 되었다.

강일 IC로 접어들어 하남 분기점을 지나고 동서울 요금소로 진입하고 나서 그가 시디를 넣는다. 첫 곡은 폴 앵카의 〈크레이지 러브(Crazy love)〉이다. 이 곡은 남편이 즐겨 부르던 곡 중 하나여서 나에게도 익숙하다. 리듬에 맞춰 고개를 까딱거리자, 그도 운전대에 얹은 오른손의 검지와 중지를 까딱거린다. "Don't don't don't don't you see" 그가 따라 불러서 나도 입술을 달싹인다. 'What you are doing to me?' 이 대목에서 그는 내 왼손을 끌어다가 기어에 얹고는 그 위에 자기 오른손을 얹는다. 그가 기어를 넣으면 내 손에도 압박이 가해진다. 한 몸이 된 기분이다. 부산이든 목포든 어디까지라도 갈 수 있을 것 같은데, 차는 증평 IC를 빠져나간다. 시내를 후딱 지나서 풍광이 아름다운 저수지를 끼고 돌더니 이내 깊은 산길로 접어들어 좌구

산 휴양림이라는 곳에 멎는다. 그가 자기 부인과 마지막으로 여행한 이야기를 들려준 적이 있었는데 여기인가 보다. 그래서 그렇게 들떴던 모양이다. 늙은 소도 콩깍지 실러 갈 때는 재다, 는 속담이 생각난다.

그는 관리사무소에 전화를 걸어서 예약한 사항을 체크하고 있다. 키가 별로 크지 않은데도 트렌치코트가 썩 잘 어울린다. 카라를 세워 한쪽 깃만 눕혀놓은 것도 근사하다. 나도 그에게 잘 보이고 싶어진다. 핸드백에 묶었던 머플러를 풀어서 목에 매본다. 그가 내 외투 깃을 세워주고는 가만히 서 있으라는 뜻으로 손을 들더니, 뒷산을 배경으로 이리저리 구도를 잡아가며 사진을 찍는다.

"어딘지 모르게 고독하고 우수에 찬 듯한 초로의 모습…… 배경과 아주 잘 어울리는 나이라는 생각이 드네요."

화면을 들여다보던 그가 엄지를 치켜들면서 나에게도 보여준다. 사진으로나 보았던, 프로방스나 알프스의 풍경처럼 이국적인 분위기의 집이 배경으로 잡혀 있다. 근사하다. 나도 엄지 척을 해 보인다.

그가 내 뒤로 다가서서 내 왼쪽 어깨를 짚고 오른손으로는 사진의 배경이 된 곳을 가리키며 소곤거린다.

"저기, 저쪽이 우리 방이에요."

내 가슴이 뛴다. 내 정수리 부분에 닿은 그의 숨결의 열감 때문이다. 이 나이에, 이런 감정이 일어나는 것이 정상일까, 주책일까. 그가 헛기침을 하며 돌아선다. 코트를 벗어 들고 산으로 올라가고 나도 뒤를 따른다. 내 코앞에 그의 넙데데한 엉덩이가 불쑥 들어온다.

엉덩이를 따라 올라간 등판과 어깨도 넙데데하다. 내가 그에게 끌렸던 이유가 바로 이 넙데데한 육체에 있었다는 걸 새삼스레 알아챈다. 꼭대기까지 올라가자 평평한 솔숲이 나온다. 묵은 솔잎이 두둑하게 깔린 바닥은 폭신폭신하고, 바람이 살랑거릴 때마다 상큼하고 맑은 솔 향기가 맡아진다. 콧구멍을 벌리고 깊게 들숨을 쉬었다 뱉어낸다. 폐 속에 있는 찌꺼기를 다 내보내고 맑은 공기로 갈아 채운 듯 상쾌하다. 내가 나뭇가지 사이에 다리를 걸쳐놓고 스트레칭을 하자, 보고 있던 그도 따라 한다. 아름이 큰 나무를 안고 그가 장구 치는 흉내를 낸다. 풍물반은 나와 그가 처음 만난 시원 같은 곳이다. 그러나 다시 풍물반에 가고 싶은 생각은 없다. 모든 것은 다 때가 있는 모양이다. 그가 나무 둥치를 붙잡고 늘어지면서 말한다.

"해보세요. 뒷목이 시원해요. 어깨 근육도 이완되는 것 같고."

따라 해보니 정말 시원하다. 둘이 서로 권하면서 하니까 재미있다. 저이도 나처럼 둘이라서 좋겠지, 하는 생각이 들자, 갑자기 그가 측은해진다.

"아이구, 벌써 한 시네."

그가 내 손을 끌고 주차장으로 간다.

삼기 저수지로 가서 둑에 차를 세운 그가 돗자리를 깔고 두 개의 아이스박스를 내린다. 반찬과 밥 그리고 과일까지 엽렵하게 준비를 해왔다. 식사를 마치고 나자 그가 텀블러를 꺼낸다. 커피를 좋아하는 나를 위해, 집 앞 커피숍에서 사서 담아 왔단다. 찬바람이 부는 호숫가에서 마시는 따뜻한 커피도 좋고, 저수지의 물빛도 좋고, 고

즈넉한 주변 환경도 더할 나위 없이 좋다. 저수지 둘레길을 좀 걷다가 벤치에 앉는다. 그만 일어날까 하고 그가 물었지만 나는 조금만 더 있다가요, 라고 아양 떨 듯이 속삭인다. 그새 바람이 좀 쌀쌀해져서 내가 움찔거리자 그가 코트를 벗어서 내 어깨에 얹다 말고 "에취! 미, 미안…… 에에 취!" 연신 재채기를 한다. 나는 코트를 둘러쓰고는 팔을 벌린다. 그가 코트 깃을 자기 한쪽 어깨에 얹고 나를 품는다. 나는 그의 가슴 쪽에 머리를 기댄다. 그의 품에서 향수 냄새가 맡아진다. 샤넬 넘버5, 내가 남편에게 선물했던 그 향수다. 연식이 오래된 남자가 연식이 오래된 향수를 뿌리고 연식이 오래된 여친을 만나러 왔구나. 이 사람은 내 남편과 많이 비슷해. 취향도 그렇고 수준도 그렇고. 이런 사람이라면 역시 없는 것보다는 있는 게 낫겠어. 나는 그의 허리를 끌어안는다. 그도 나를 한 번 안아주고는 내 앞머리를 쓸어 넘겨주면서 고백한다. 자주 나오자고, 서로 맞춰가면서 베프가 되어보자고. 대답 대신 내 어깨 위에 얹힌 그의 손을 잡아준다. 그득하게 들어차는 넓은 그의 손을 내 얼굴에 가져다 대보기도 한다. 그가 엄지와 검지로 장난스럽게 내 볼을 꼬집듯이 쥐었다 폈다 한다. 몸에 열이 지피면서 내 가슴이 메아리친다. 하늘은 파랗고 물빛도 아름답고 세상은 온통 영롱한 빛으로 빛나고 있는데 산통을 깨듯이 내 전화기가 울어댄다. 진자 번호다. 휴대폰을 들어 그에게 보여주자, 그는 고개를 젓는다. 전화 벨은 울고 나는 낄낄거린다. 그도 크득 크득 비밀스럽게 웃는다. 금지된 장난을 할 때의 쾌감이 인다. 같은 편이 있으니까 두 배로 재밌다.

초정약수 원탕에 왔다. 듣던 대로 탕 한 곳은 사이다처럼 톡 쏘는 탄산수가 나온다. 피부에 닿으면 따끔따끔하고 물 밖으로 나오면 피부에 좁쌀 알갱이만 한 방울이 매달린다.

목욕을 마치고 나와서 만져보니 아기 피부처럼 매끈거린다.

저녁을 먹고 예약해둔 숙소로 왔다. 침대가 두 개 있는 방이다.

"아까, 저녁 먹을 때 건배하면서, 한 내 말 기억하지요?"

"네?"

"오래갑시다, 라고 했잖아요."

나는 풋 하고 웃음이 나왔다. 나는 그가 "오래 삽시다."라고 한 줄 알았었다. 그렇지만 나는 "네, 그럼요."라고 말해준다.

그가 침대에 눕는다.

"잠깐 눈 좀 붙일게요. 허리가 좀……."

"네, 종일 운전하느라 힘드셨잖아요. 좀 쉬세요."

나는 그렇게 말해주고 가방에서 옷을 꺼내 들고 화장실로 들어가서 갈아입는다.

그는 금세 잠이 든 듯해서 나도 얌전하게 그의 옆에 눕는다. 그는 코까지 골며 자고 있다. 이런 맹탕을 봤나.

나는 겉옷을 들고 밖으로 나온다.

하늘에는 별이 떠 있고 공기는 쾌청하다. 바람이 소슬하게 불 때마다 갈잎 부딪는 소리가 난다. 낮에 내가 한 짓거리들이 떠오른다. 얼굴이 화끈거린다. 방 문짝에 증평 콜택시 전화번호가 적혀 있던 게 생각난다. 방으로 들어간다. 불이 켜져 있다.

"한숨 잤더니 이제 좀 정신이 드네요. 늙으면 좌우지간 내 몸도 내 말을 안 듣고 어깃장을 놓으니 원……."

박 선생이 화장실에서 나오면서 이렇게 지껄인다.

"우리 한잔하면서 이야기나 나눕시다. 차에 와인이 있으니 가져오리다."

그는 밖으로 나갔고 나는 휴대폰으로 증평 콜택시 전화번호를 찍는다.

봉투를 들고 들어온 그가, 외투를 벗지 않고 서 있는 나를 보고는 한숨을 쉬면서 테이블을 가리킨다. 앉기 싫다. 그러나 한밤중에 택시를 이 산속까지 부르는 것도, 혼자 타고 서울까지 간다는 것도 자신 없어서 나는 그냥 주머니에 손을 넣은 채 마뜩찮게 서있다.

그는 완충 비닐에 싸인 유리 글라스와 마른안주를 꺼내놓고 와인을 딴다. 와인을 준비하다니 역시 남편의 취향, 아니 내 취향이다.

"자, 한잔합시다."

나는 겉옷을 입은 채 자리에 앉는다. 술을 따른 그가 나에게 건배사를 하라는 뜻으로 잔을 든다.

"떠날 때는 말없이."

내가 빈정거리는 투로 말하자, 그 말을 지우기라도 하려는 듯이 고개를 저어가며 그가 말한다.

"오래갑시다!"

그가 치즈를 잘라 한쪽을 자기 입에 넣고 나머지 한쪽은 내 입에 넣어준다. 헤픈 웃음을 웃어주고 그것을 받아먹는다. 그의 눈에 포근하고 따뜻한 기운이 감돈다. 내 머릿속에 동화 한 대목이 떠오른다. 강한 바람이 못 벗긴 외투를 따뜻한 햇볕이 벗긴다는. 나는 외투를 벗어 걸고 앉아 본격적으로 술을 마신다. 와인이 입에 짝짝 붙는다. 술병이 바닥이 나고 기분이 알딸딸해진다. 나는 이 남자와 자고 싶다.

"이런 술은 각 일 병씩 마셔야 하는데……, 술 더 없어요?"

"많이 취했으니 그만 잡시다."

그가 술자리를 정리한다. 급한 모양이네 싶어서 나는 화장실에 들어가 양치를 한다.

나와 보니 방 안에는 불이 꺼지고 그는 침대에 누워 있다. 나는 옷을 벗어던지고 그의 침대로 들어간다. 그의 입술을 찾아 버둥거리면서 동시에 내 다리를 그의 살에 갖다 댄다. 그런데, 그에게서는 아무 반응이 없다. 그를 밀어내지도 그렇다고 끌어안지도 못한 채 엎어져 있는데, 그가 내 등을 토닥거린다.

"미안해요. 그렇다고, 사실은 저, 그게 잘 안 돼요, 라고 말할 수는 없었어요."

그가 힘주어 나를 안는다.

"지금까지는 그럴 필요를 못 느껴서 그냥 방치하고 있었소만, 방법이 없나 한번 알아봐야겠어요. 내 나이 이제 예순여덟인데……. 듣자 하니 여든에도 하는 사람이 있다던데."

파트너가 성 불능이라니……. 어느새 내 나이가 이 지점까지 왔

나. 그 피 끓는 시절에도 남자 없이 잘 살아왔는데, 내가 지금 무슨 짓거리를 하고 있는지, 정신이 번쩍 든다.

한때 인연을 맺었던 사람인데, 잘 보내기로 하고, 그를 위로해준다.

"저도 그게 잘 안 될지도 몰라요."

어젯밤 꿈에 진자가 나타났다. 내가 그 애에게 노래를 불러주었다.

"살아갈수록 눈물이, 살아갈수록 외로움이…… 검은 머리만 하얘지니까 느낀 게 많아. 내가 얼마나 바보였는지……."

오래간만에 전화가 온다. 진자 번호다.

"언니, 나 우리 시골집으로 아주 들어가기로 했어."

진자는 좋겠다. 직장도 있고 마음 의지할 터전도 있고.

나는 평생 진자보다 내가 낫다고 생각해왔다. 그 애는 어릴 적부터 가난해서 학교도 제대로 못 다녔고 늘 나에게 돈을 빌려다 썼다. 늙어보니까 알겠다, 돈이 다가 아니라는 것을. 한숨이 난다. 남편은 먼저 떠났고, 어머니도 일찍 돌아가셨고, 하나 있는 아들놈마저 외국에 눌러앉아버렸다.

"울타리에는 나팔꽃 넝쿨을 올리고, 뒤란에는 아욱, 상추, 쑥갓, 실파를 심고, 음…… 호박잎 따다 밥 위에 얹고, 냉이도 캐고……."

고향집 풍경이 그려진다. 우리 집 옆으로 흐르는 냇물에 어린 내가 뛰어들어 첨벙대며 물장구치고 있는 듯하다.

"언니, 듣고 있어?"

"어, 말해."

"언니도 내려올래? 나랑 같이 여기에서 살래?"

나는 진자에게 케이오 패를 당한 기분이다.

명천, 이문구

갑자기 회오리바람이 불어왔다. 연사는 서둘러 집회를 마무리 지었으며 학생들은 삼삼오오 어깨를 걸고 집으로 갔고 문구 혼자 동그마니 집회장에 앉아 있었다.

"쳇, 나하구 어울리문 뻘건 물이 들까베 지들끼리만 뭉친 겨. 나를 빨갱이 취급하는 겨."

연사가 "빨갱이는 씨를 말리자!"라고 외칠 때 문구는 큰 소리로 복창했다. 아버지는 빨갱이 짓을 했지만, 나는 아니라는 뜻으로 한 행동이었다. 이런 나를 봤다면 어머니는 어떤 심정일까 하는 생각이 들었다. 한쪽 뺨에는 차가운 물을, 다른 뺨에는 뜨거운 물을 뒤집어쓴 듯 따갑고 화끈거렸다. 머리를 감싸 쥐고 중얼거렸다.

"몰러, 나두 몰러……."

엉덩이를 털고 일어났다.

배에서 꼬르륵 소리가 났다. 집에 가봤자, 점심은커녕 어머니의 앓는 소리만 들릴 게 뻔했다. 읍내를 쏘다녔다. 다리도 아프고 허기가 졌다. 쉴 만한 곳을 찾아 두리번거리다가 책방이 보여서 들어갔다.

특유의 냄새가 났다. 코를 벌름거리며, 책을 정리하고 있는 주인의 시선을 피해 안쪽으로 들어가자 냄새는 더 짙어졌다. 매우 친숙한 느낌이 들었다. 천자문과 명심보감을 배우던, 행복했던 시절의 할아버지 방이 생각났다. 일부러 흠흠 냄새를 들이마셨다.

이튿날 학교가 파하자마자 자기도 모르게 발걸음이 책방 쪽으로 향했다. 전날 앉았던 자리로 가서 쪼그려 앉았다. 흠흠 냄새를 흡입하자, 마음이 편안해졌다.

책방 문이 열리고 한 묶음의 책을 든 손님이 들어왔다.

책방 주인은 손님이 가져온 책 묶음을 풀어서 살펴보고, 미리 준비해놓은 책을 손님에게 내주었다. 잠시 후에 또 그런 손님이 다녀갔다. 그 손님들은 늘 보아오던 지역 사람들과는 뭔가 달라 보였다. 행색은 초라했지만, 행동거지나 말투가 점잖고 기품이 있었다. 그즈음 학교에서는 공부는 뒷전으로 미뤄둔 채, 학생들을 집회에 동원했으며, 왼쪽 가슴에는 '반공'이라고 쓴 리본을 달라고 닦달했다. 그러나 책방에서 만난 사람들은 어려움 가운데에서도 미래를 생각하며 준비하는 듯했다. 책방은 사람의 정신을 수양하고 성숙하게 해주는 곳이구나 싶었다.

사람은 짐승과 차이가 있어야 한다고, 먹고사는 문제에 매이지 말고 늘 그 너머를 생각하라고 하시던 할아버지 말씀이 떠올랐다.

내일부터는 책방에 가서 책을 읽어야지, 생각하면서 집으로 돌아왔다.

다음 날도 그다음 날도 또 그다음 날도 책방에 들러서 책을 읽었다. 그러던 어느 날 아주 충격적인 내용을 접하게 되었다.

'대구에 사는 문인 L씨가 좌익 혐의로 검거되었다.'

문구는 조심스레 주변을 둘러본 후, 읽다 만 페이지를 마저 읽었다. L씨를 구하기 위해서, 대구와 경상북도 문인들 그리고 서울에서 피란 가서 대구에 머무르던 문인들이 경무대에 탄원서를 냈다.

'이 사람은 본래 좌익이 아니다. 오해가 있는 것이다.'

이런 내용의 탄원서는 경무대의 공보비서관인 김광섭에게 전달되었고, 그가 이승만 대통령에게 간곡히 진언해서, 문인 L씨가 풀려났다는 내용이었다.

'그런디 L씨가 누굴까? 대관절 누구길래, 문인들이 연명으루 탄원까지 올렸을까, 김광섭은 또 어떤 인물이길래……'

문구는 용기를 내어, 책방 주인에게 다가가, 문제의 페이지를 보여주며 김광섭이 뭐 하는 사람이냐고 물었다.

"시인이지, 『마음』이라는 시집도 출간하셨고."

날마다 공짜로 책을 읽다가 가는 줄 알 텐데도, 따뜻한 눈빛으로 설명해주는 책방 주인이 존경스러워졌다.

그리고 엄혹한 시대에 목숨 내놓고 한 문인을 보호하려고 탄원하는 동료 문인들의 의리가 감동적이라는 생각이 들었다.

이문회우 이우보인(以文會友 以友輔仁), 어진 사람은 글로써 벗을 모으고, 벗으로서 어진 일을 돕는다.

할아버지가 자주 말씀하셨던 문장을 떠올리며 책방을 나와 하늘을 올려다봤다.

'나두 문학가가 되어야겠어⋯⋯!'

집에 돌아와서 곧장 책상 앞에 앉았다. 어떤 자세로 어떻게 살아야 문학가가 될 수 있을까, 고민했다. 순백의 누에고치가 떠올랐다.

질 좋은 뽕 외에는 그 어느 것도 입에 대지 않는 것이 누에의 특성이다. 먹을 때는 먹는 일에만 충실하고, 잠을 잘 때는 오로지 잠만 자며 자신을 숙성시킨다.

이로써 누에는 벌레이지만 벌레 그 이상의 지위를 얻었다. 사람이지만 사람 이상의 지위를 지닌 부류가 문학가라는 믿음이 생겼다.

'자고로, 문인은 누에처럼 순수한 고집이 있어야 혀. 지금부터 나는 책만 파먹는 책벌레가 될 겨.'

그때부터 문구는 빨갱이 자식이라고 지탄받는 일이 있어도, 너는 그래라, 나는 책이나 읽으련다, 하고 들입다 책을 팠다. 책은 친구요, 스승이어서 뭐든 알려줬다. 김광섭이 도와준 L씨는 「달밤」 「낙엽」을 쓴 이호우 시인이라는 사실도 책을 읽고 알았다. 공부에도 점점 흥미가 늘어갔다. 그런데 그만 어머니가 돌아가셨다. 중학교 3학년 때의 일이었다.

손발이 부르트도록 가축을 돌보고 농사일해가며 간신히 중학교를 마쳤지만 상급학교에 진학할 형편이 못 되었다. 설사, 남의 도움을 받아 상급학교에 진학하여 공부를 이어나간다 해도, 제대로 된

직업을 갖기는 어려웠다. 아직 미성년자인데도 문구는 '요시찰인'으로 분류되어 행정 당국과 경찰에게 감시당했다. 집안에 문제가 있어서였다.

문구네 가문은 목은 이색과 토정 이지함의 후손으로 유학을 숭상하던 집안이었다. 조부 이긍직이 충남 보령의 관촌 부락에 자리 잡으면서, 문구의 아버지는 초년에 군에서 서기를 지낸 이력으로 대서소를 운영했다. 그러다 보니 가게에 드나드는 사람들을 돕게 되었고 그들의 청으로 참여한 농민운동이 사회주의 운동으로 발전하게 되었다. '무산계급의 옹호와 인민의 사회적인 위치를 쟁취한다.'라고 구호를 외치며 장날이면 쇠전이나 싸전 마당에서 강연도 했다. 해방을 맞으면서 남로당에 가담하여 군 총책을 맡아 서해안 일대 여러 군의 지하조직을 관리했다. 6·25가 발발하자 문구의 아버지는 물론이고 문구의 형들도 학살당했다.

아버지와 형들이 그런 일을 당했을 때, 문구는 여남은 살의 어린애여서 무슨 영문인지는 알 수 없었지만 그 지독하고 살벌했던 기억은 오롯이 남아 있었다.

'여기는 내 부모 형제를 잡아먹은 원수와 다름없는, 자다가도 몸서리쳐지는 징그러운 바닥이여.'

문구는 자신의 이력을 아는 사람이 없는 타관으로 거처를 옮기기로 했다.

집과 논밭을 처분하고 1959년 초봄, 신촌의 연세대학 부근에 허름한 집을 한 채 장만하여 이사했다.

시장 골목에 좌판을 벌여놓고 건어물과 마늘 등을 떼어다 파는 일로 생계를 유지했다. 그러나 벌이가 신통찮아서 물건을 둘러메고 행상에 나섰다.

어느 날 엿장수의 손수레 위에 실려 있는 얇은 책자 한 권을 보게 되었다. 옛 친구와 해후한 듯 반가워서 그 책을 집어 들었다.

『꽃의 소묘』, 김춘수.

　　누가 나의 이름을 불러다오.
　　그에게로 가서 나도
　　그의 꽃이 되고 싶다.

문구는 자신의 이름에 얽힌 사연이 떠올랐다.

문구의 모친은 사월 초파일에 친정 식구들과 봄놀이 겸 홍산의 무량사에 갔다.

무량사의 한 노승이 문구의 어머니 등에 업힌 아기를 유심히 바라보더니 혼잣말처럼 중얼거렸다.

"장차 자식 노릇 할 아들은 이놈이구만……!"

노승이 아기의 출생 일시가 어떻게 되느냐고 물었다.

"신사년 삼월 열엿샛날 유시에 태어났어유."

"이름은 뭐라 지었소?"

"이름은 짓기는 지었지만…… '구(求)' 자 항렬인디, 일가에 동명이 많아서 걱정이네유……."

노승이 그 자리에서 문구(文求)라는 이름을 지어주었다.

기억을 더듬던 문구는 손가락을 딱! 튕기며 외쳤다.

"문구(文求), 글을 구하다!"

문구는 엿장수에게『꽃의 소묘』를 사서 일찍 귀가했다.

책을 깨끗하게 닦은 다음 첫 페이지부터 차례대로 읽었다. 씨암
닭을 한 마리 붙들어 온 듯 뿌듯해졌다.

'아무래두 운명적으루 뭔 일이 있을 거 같애. 문학가가 되는 길을
본격적으로 알어봐야겠어.'

서라벌예술대학에 서정주, 박목월, 조연현, 김동리 등의 일급 문
사들이 포진하여 있다는 사실을 알아내긴 했다. 그러나 깊은 탄식이
흘러나왔다.

'겨우 중핵교배끼 안 나온 주제에 언감생심 대핵교라니……'

불가능한 일이었다. 그러나 문인이 되고 싶은 욕구는 시간이 가
면 갈수록 더 짙어졌고 꿈에 할아버지가 자주 나타났다.

지재유경(志在有逕), 뜻이 있는 곳에 길이 있다!

'보결'을 생각해냈다. 고등학교 졸업장을 매입해서 서라벌예술대
학에 입학원서를 냈다.

면접을 치르게 되었을 때 무척 긴장되었다. 여러 교수님 가운데
에 김동리 선생도 있었다. 중학교 2학년 때에 읽은「등신불」「역마」
등의 책날개에서 본 선생의 인상은 눈이 아주 작고 우묵해서 여간
까다롭지 않게 생겼었다. 그런데 직접 보니 인상이 부드러워서 친근
감이 느껴졌다.

김동리 선생이, 그 대학에 지원한 이유를 물었다. 문구의 입에서 속사포처럼 말이 튀어 나갔다.

"김동리 선생님을 뵈러 왔습니다!"

신이 도왔던지 입학시험도 무난히 통과해서 문구는 스물한 살에, 서라벌예대 문창과의 학생 신분을 취득할 수 있었을뿐더러, 등록금의 반액을 면제받는 '을류 장학생'이 되었다.

동기 대부분이 고등학교 때부터 전국 백일장을 휩쓸며 글 솜씨를 인정받은 전력이 있다는 사실에 놀라지 않을 수 없었다.

소설 수업은 습작품을 제출해서 '합평'하는 방식으로 이뤄졌다.

"소설의 기초도 안 됐다."

동기들에게 이런 악평을 들었지만 틀린 말이 아니라는 생각이 들었으므로, 열심히 습작해서 작품을 제출했다. 전통적인 농어촌의 이야기였다.

"사건도 줄거리도 제멋대로다."

"문장이 만연체인 데다 너무 낡았다. 완전 구닥다리다."

동기들의 집중포화가 쏟아졌다.

묵묵히 듣고 있던 김동리 선생이 일갈했다.

"나는 이 학생이 앞으로 우리 한국 문단에 아주 희귀한 스타일리스트가 되리라고 확신한다."

순간, 강의실에 정적이 흘렀다.

이어서 선생은 '이문구의 습작소설에 대해 논하라.'라는 논제를 기말고사 과제로 냈다.

문구는 김동리 선생의 처사에 무한한 감사를 느끼면서도 한편으로는 무척 버거웠다. 기말고사로 정해진 자기 작품을 객관적으로 살펴보았다. 주제와 소재도 약하고 문장도 덜그럭거렸다. 다만 문체는 작중 인물의 목소리를 제대로 내고 있다고 자평했다.

방학을 맞아, 믿을 만한 작가들의 초기 단편을 놓고 주제와 소재를 어떻게 다뤘는지를 공부했다. 창작은 '모방에서 시작한다'라는 것을 상기하면서, 가운뎃손가락에 못이 박이도록 필사했다. 소설 장르가 가진 특성이 이해되었고 작가마다 공식이 다른 지점이 보였다. 궁극에 가서는 자기 밭을 일구어 나가야 한다는 점을 깨닫고 익숙한 것에서 글의 소재를 찾기로 했다.

보령의 이웃들을 소설에 등장시켜서 그들의 '입말'로 대화를 진행하는 형식으로 단편을 써서 친구에게 읽혔다. 해학적이고 유머러스하다는 평을 들었다. 소설의 본령은 '재미'라고 배웠으니 일단은 팔 부 능선에는 오른 셈이었다. 나머지 이 부 능선에 오를 방법을 모색했다.

'빵이 제대로 맛을 내려면 소금과 설탕의 비율이 맞아야 한다.'

재미가 설탕이라면 소금에 관련된 게 뭐가 있을까를 염두에 두면서 습작했지만 작품이 달라지지 않고 제자리걸음을 하고 있었다. 잘못된 습관을 바로잡지 못하면 작품을 많이 써봤자 사상누각이 될 터였으므로 기초부터 다져나가기로 했다.

인물, 사건, 배경이라고 써서 책상 앞에 붙여놓았다. 그 셋 중의 하나를 잡아 도입부에 깔고 주제를 의식하며 사건을 풀어나갔다. 같은 주제와 소재를 놓고 구성을 이렇게 저렇게 짜는 연습을 했다.

2학년에 올라가자, '등단'이라는 말이 자주 거론되었다. 작가로 등단하는 데에는 연좌제 같은 건 방해물이 되지 않는, 오로지 글 하나만을 평가한다는 것이 문구를 흥분하게 만들었다.

연말이 되자, 동기와 선후배들이 잇따라 당선 소식을 알렸지만, 문구는 낙선의 고배를 마셨다.

전략이 필요했으므로 새로운 각오를 다졌다.

'콩나물 기르기'와 그 이치가 비슷하다. 물을 빨리 흡수해서 먼저 큰 놈이 뽑히고 나면 그다음에 큰 놈들이, 또 그다음 놈들이 뽑혀 나간다. 물만 꾸준히 받아먹으면 모두에게 기회가 온다. 상품으로서 가치가 없어서 도태되는 것이 아니다. 서라벌예대라는 콩나물시루에 안쳐질 때부터 이미 작가의 반열에 오른 것이나 진배없다.

졸업장을 들고 교문을 나섰다.

뿌듯하기도 했고 더 열심히 했어야 했는데 하는 후회도 남았다. 이제부터는 스스로 갈고 닦을 일만 남았어, 하며 기를 쓰고 글을 써서 신춘문예에 응모했지만, 또 낙방했다.

동기들을 따라 동리 선생을 뵈러 갔다. 선생과 눈도 제대로 맞추지 못한 채 세배를 올렸다.

선생이 문구에게 물었다.

"자네는 신춘문예 응모 같은 것도 안 하는 게야?"

"합니다."

"허면?"

"노상 떨어지네유."

"그럴 거다. 네 글은 나밖에 못 읽어낸다. 글을 다듬어서 가져오너라."

크게 감동했지만 마음과는 달리 입이 떨어지지 않아서 함구하고 있었고, 옆에 있던 동기들이 문구의 등을 두드려주었다.

한 달간 글에만 전념해보자고 작심하고 해인사로 갔다.

'하루에 한 편씩, 삼십 편을 쓰고 말 겨.'

잉크병을 등잔으로 개조해서 밤을 낮 삼아 원고지와 씨름했지만 하루에 한 편씩 쓰기는 쉽지 않았다. 어쩌다 글이 좀 풀려서 일필휘지로 써내려간 적도 있긴 했지만, 대부분은 거푸집 비슷하게 원고 매수만 채웠다.

열하루째 되는 즈음, 그날은 글이 잘 풀려서 「다갈라 불망비」라고 제목을 달자마자 단숨에 원고지 팔십 매를 채웠다. 이튿날 맑은 정신으로 퇴고를 한 다음 김동리 선생께 우송하였다. 그 작품이 1965년, 『현대문학』에 초회 추천되었고 이듬해 「백결」이 추천 완료되어 문구는 작가로 데뷔하였다.

작가가 되긴 했지만, 경제적 형편은 별반 나아지지 않아서, 막노동판을 전전하며 생활을 영위해 나갔다.

그러던 어느 날, 동기, 박상륭이 찾아왔다. 김동리 선생이 좀 보자고 하신다는 것이었다.

선생이 문구를 부른 까닭은 대강 이러했다.

우리나라 최초의 근대시라고 할 수 있는 최남선의 「해에게서 소년에게」가 발표된 해가 1908년이고, 1968년은 현대문학이 환갑이 된다. 그 기념으로 한국문인협회에서 『월간문학』이라는 잡지를 창간하게 되었다. 그러니 와서 일손을 보태라는 것이었다.

이렇게 해서 『월간문학』 초기에 편집부에서 일하게 되었다.

시국이 어지러워서 모 시인이 꼬투리를 잡혀 감옥에 가는 일이 발생했다.

'감옥에도 안 가야 되겠구……, 글은 써야 되겠는디…….'

이 궁리 저 궁리 하던 끝에 묘수를 생각해냈다.

'내가 우리 집 얘기를 솔직하게 까발려버리는 게 낫겠어. 나, 이런 사람인데 어쩔래, 하고 선수를 쳐버리는 것두 한 방편일 거여.'

이 계획을 지인들에게 얘기해봤다. 시기상조다, 라고 충고하는 사람이 적지 않았다.

새로운 작품 구상에 들어갔다.

어릴 때 자신을 품었던 관촌 마을에서의 추억이 아련하게 떠올랐다. 할아버지는 물론이고 동네 어른들에게 들었던 이야기들이 귓가에 들리는 듯했다.

소설의 공간적 배경은 관촌 마을로, 시간적 배경은 일제강점기 말기부터 시작하기로 했다. 이야기의 서사는 공동체의 도리를 우선시하는 사람들이 자연과 조화롭게 살아가는 모습을 화제로 삼기로 했다. 어려서 할아버지께 들었던 일화와 관촌 마을에서 직접 보고 들었던 사람들의 행동과 말씨가 생생하게 기억났다.

'이문구의 소설은 사건도 줄거리도 없다, 기본기가 덜 되었다'라고 하던 동기들의 지적을 염두에 두고 소설의 형식에 대해 고민했다.

구성이라는 틀을 벗겨내자, 사실에 가깝도록 실감 나게 표현해보자, 이문구 스타일로 엮어보자, 고 정했다.

옹점이가 떠올랐다. 옹기점의 독 틈에서 태어나서 이름이 옹점이인 그녀는 일곱 살 되던 해에, 문구의 어머니가 시집올 때 딸려왔다.

옹점이는 문구를 제 동생처럼 보살펴주며 종일 함께했다. 문구를 업고 들로 쏘다니면서 늘 노래를 불렀다.

"운다고 옛사랑이 오리오마는 눈물로 달래보는 구슬픈 이 밤……."

애조 띤 가락은 청승이 뚝뚝 떨어지도록 불렀고 빠른 곡조의 노래를 부를 때에는 신명을 내려고 원래 가사에다 그때그때의 자기 심사를 얹어서 부르는 취미가 있었다. 〈대지의 항구〉를 가장 자주 불렀다.

"죽 끓는 부엌짝 아궁지 앞에
동냥허는 비렝이야 해가 졌느냐
쉬지 말구 놀지를 말구 달빛에 밥을 벌어
꿈에 어리는 건건이 은어서 움막 찾아가거라."

기억 속에 고스란히 자리 잡고 있던 옹점이의 육성이 송사리 떼처럼 문구의 귓전에 파닥거렸다. 옹점이는 입이 거칠고 성질도 사나웠지만, 누구든 억울한 일을 당하면 팔 걷고 나섰다.

낯선 순경들이 찾아와 문구의 집을 수사한 적이 있었다. 순경이 되도 않는 소리로 문책을 했는데 그 말은 문구의 기억에서 삭제되었고 옹점이가 한 말만 어제 일처럼 기억났다.

"워떤 옘병허다 용 못 쓰구 뎌질 것이 그류? 밥 짓구 국 끓이구 찌개 허면 하루 시끼니께 연기가 아홉 번 나지 워째서 해필 일곱 번이여. 끈나풀을 삼어두 워째서 그런 들 익은 것으루 삼었으까. 그런 눈깔을 빼서 개 줄 늠 같으니."

"찢어서 잣 담글 늠. 그런 것은 안 잡어가유?"

"멥쌀두 먹구 찹쌀두 먹구, 열두 가지 곡석 다 먹었슈."

분을 다 삭히지 못한 옹점이는 어슬렁대던 검둥이 뱃구레에 냅다 발길질하며 가열하게 욕을 해 부쳤다.

"이런 육시럴늠으 가이색깃 지랄허구 자빠졌네. 주둥패기 뒀다가 뭣 허구 이 지랄여. 너, 니열버텀 잘 굶었다. 생전 밥 구경을 시키나 봐라."

옹점이는 순경 앞에서는 이렇듯 칼칼하고 모나게 굴다가도 전쟁으로 재난을 입은 전재민 촌사람들을 불쌍하게 여겨서, 물건을 팔아주려고 문구에게 과자를 사주기도 했다.

이러한 옹점이의 당차고 정 많던 모습을 주체성이 강한 인물로 형상화해서 「행운유수」에 담아냈다.

본성이 착하고 어진 사람 신현석도 빼놓을 수가 없었다.

할아버지 묘를 관리해주고 어머니 장례를 돕는 등 존경과 섬김으로 문구 집안 삼대의 일을 충성스럽게 도운 사람이 신현석이다. 신현석이 장가가던 날 문구의 아버지는 어깨춤을 추며 격의 없이 마을 사람들과 어울리며 기쁨을 표했다고 들었다. 어머니마저 돌아가시고 문구가 서울로 이사 갈 때도 여러모로 도움을 준 신현석. 그가 백혈병을 앓다가 고향으로 내려가며 작별을 고할 때 문구는 너무도 가슴이 먹먹했다. 그때 문구의 집 뒤 산마루로 붉은 달이 떠오르던 것을 상기하다 보니 '공산토월(空山吐月) ─ 빈 산이 달을 토한다'라는 제목이 만들어졌다.

소설 같은 인생을 살다 간 '대복'도 불러들였다.
대복은 문구네 집과 사립문 하나 사이를 둔 옆집에 살았다. 여남은 살 위였지만 막냇동생 대하듯 받아주었다. 물총새를 잡거나 꿩, 산토끼, 조개와 게 등을 능란하게 잡는 재주가 있었다. 시절이 변해서, 대천해수욕장까지 미군들이 드나들 무렵, 대복은 이들을 상대로 심부름도 해주며 돈을 벌었다. 시절이 변하자 그의 마음에도 때가 탔던지, 대복은 도둑질을 했고 급기야 소도둑으로 감방에 갔혔다. 6·25사변이 발발했을 때 인민군 손에 옥문이 열려 출옥하게 된 대복은 자기 집에 들러서 얼굴만 보이고는 문구의 집으로 왔다. 쑥밭이 되어버린 문구의 집안 꼴을 대하고는 망연자실하다가, 문구의 어머니에게 큰절을 하며 엎어져 울다가, 곁에서 훌쩍이는 문구를 보고는 얼싸안았다.
"월마나 놀랬데? 어린것이 월마나……."

한참을 울고 난 대복은 "참고 견뎌야지 우쩌겠어……." 하며 어깨를 두드려주었다.

징집 영장을 받고 출정하기 전날 밤 대복은 말했다.

"원제 올 중 모르는 질이지만 죽으라는 법도 읎잖네. 꼭 살아올 텅께 봐라."

그다음 날 화물 곳간에 탄 대복은 흰 베갯잇을 머리에 동여맨 차림이었다.

"엄니, 잘 있어. 아버지도 잘 지슈."

문구도 대복에게 잘 가란 말 한마디 얹고 싶었지만 헌병들이 가로막고 있어서 엄두를 내지 못했던 기억들을 떠올리며 「녹수청산」을 써내려갔다.

1974년 1월부터『월간중앙』에『오자룡』을 연재하기 시작했다.

배경은 1600년대 충청도 서해안 보령 고을이며, 일생을 종으로 보낼 위인이었던 막대(莫大)가 고향을 떠나 타관을 떠돌다가, 사회의 부조리에 주목하고 의협심 충만한 인물로 거듭나는 과정을 그린 민중소설이다. 그즈음 작가들의 사회적 인식이 날카로워지고 있었으므로, 이런 흐름에 힘입어 '역사소설'의 형식으로 구성을 짰다. 월간지에 연재하는 일은 중노동에 가까울 정도로 원고를 써나가야 했지만, 경제적으로 다소 도움이 되어서 문구는 사력을 다해 집필에 매달렸다.

그러던 어느 날 문구는 '긴급조치 9호 위반' 명목으로 중앙정보부로 연행되었다.

"툭허면 북방 오랑캐를 팔어쌌는디 그것은 멀쩡한 공갈이우. 즤 늠들이 쓰고 있는 감투 자리를 연장헐라고 도적질해 먹는 것을 감쌀 겸, 어지고 순헌 백성들을 조롱허느라고 꾸민 핑계란 말이우……. 망헌 나라여. 무에든지 그저 뻽이라구 이름만 붙여버리면 다 되는 판이니께."

『오자룡』의 이 대목이, 1975년 신설된 유신정권의 방위세를 비난했다고 트집을 잡으며, 2박 3일 동안 심문했다.

"반정부활동 그만하고 시골에 내려가서 살아라."

심문하던 자는 이렇게 경고하며 각서를 쓰라고 종용했다. 문구는 그 종이에 사인하고 풀려났다. 독자들에게『오자룡』연재를 중단하는 변을 말해야 했다. '불성실한 집필 끝에 미완성으로 중단됐다.'라고 돌려서 말할 수밖에 없었다. 참으로 억울하고 분통이 터지는 일이었다.

글 쓰는 일에 회의가 일었다.

글 작업에 손을 놓고, 청진동 골목의 술집 '가락지'에 출근하다시피 하며 마음을 달랬지만, 붙잡고 있던 일감을 빼앗긴 억울함과 정부에 대한 불만은 해소되지 않았다.

책상 앞에 앉았다.

그동안 관촌 마을을 배경으로 발표한 단편들을 묶어 출간하기로 했다. 관촌 마을을 공간적 배경으로 하여 붓 가는 대로 쓴 데다, 제목들이 넉 자씩이었으므로 그 운율에 어울리도록 표제를『관촌수필』

로 붙였다.

책이 출간되었지만 서점가의 반응이 신통찮았다.

맞선이 들어온 것은 그 무렵이었다. 상대는 임경애라는 여성이었다. 문구는 "그야말로 '경애'하고 싶은 여인이구나!" 싶어서 결혼식도 생략한 채 신혼살림을 차렸다. 식구가 늘었음에도 여전히 '가락지'에 출근 도장을 찍었다.

어느 날, 작가 박광서가 나타났다. 대한가족계획협회에서 화성의 발안에 세운 시범 사업소의 소장으로 내려가 있었다는 그는 발안 예찬에 열을 올렸다.

석포리만 가도 연안의 해물이라면 나지 않는 것이 없으며, 차로 잠깐만 나가도 갯물과 민물이 동서양을 이루는 남양호가 있다는 것이었다.

문구의 마음이 이미 발안의 물가에 한쪽 발을 담그고 있을 즈음, 박 작가가 발안 탐방을 제안했다.

문구는 친구 몇 명과 함께 발안에 갔다.

냇물에 촉고를 쳐놓고 투망을 던지니 붕어와 피라미 등이 묵직하게 올라왔다. 화덕 불에 양은솥을 걸어놓고 솥단지가 그들먹하게 고기를 안쳐서 불을 땠다. 민물 매운탕은 술 도둑이어서 원 없이 소주를 마셨다. 모처럼 마음 맞는 벗들과 대취하며 청유를 즐겼다.

그 흥으로 집에 돌아와서 아내에게 말했다.

"발안은 한내를 옮겨다 놓은 것 같구먼. 거기서 살었으문 좋겠는데, 알어야 면장을 한다구, 돈이 있어야 말이지……."

아내는 고개를 끄덕이며 듣고만 있었다.

문구는 주변 사람들에게 자기 마음을 털어놓았다. 문구의 사정을 잘 아는 평곡, 염재만이 출판사에 다리를 놓아주어서 문구는 마침내 발안으로 이사할 수 있었다.

이사한 집은 오막살이 초가였는데, 이엉을 이은 지 여러 해 되어 여기저기 골이 팬 지붕에는 풀이 우북했다. 문구 부부는 합심해서 쓰레기장이나 진배없는 집을 치우고, 집터서리를 일구어서 푸성귀를 심고 화초 씨도 뿌렸다.

아내는 홑몸도 아닌데 품삯 일을 다녔고 문구도 글 작업에 착수했다. 그 당시의 사회 환경은 산업화로 인해 농촌과 농민의 희생이 두드러지게 나타나고 있었다. 이 문제를 제대로 한번 다뤄보기로 하고 요목별로 정리했다.

농약과 농기구는 물론이고 생활용품 구매에 미치는 행정편의주의, 영농 기계화의 허실, 퇴비 증산을 외치는 관청과의 관민 대립 문제, 돼지 파동, 유흥업의 농촌 침투 및 농촌의 교육 등.

대부분이 도시민인 독자들에게 이런 상황을 어떻게 전달할 것인가, 어떻게 하면 재미있게 읽힐 것인가를 놓고 고민했다. "서방인지 남방인지" 하는 「춘향전」의 한 대목이 떠올랐다.

순간 문구는 무릎을 탁! 치며 "좋구먼! 좋아!" 하고 소리쳤다.

"벱씨가 아니라 날씨유."

"발은 밟아두 신발은 밟지 말어."

"불법적으로 썼슈. 물법적으로 썼지."

"시(셋)당숙이고 니(넷)당숙이고 간에."

"먹구 보는 농사꾼, 팔구 보는 장사꾼."

"빚구럭에 백혔건 빚데미에 치였건."

"이리 가두 흥, 전주 가두 흥 허메 살아왔지만."

"술덤벙 물덤벙 초싹거리구 들랑대는 겨?"

"고민이 농민이라니께."

"정신이 들랑들랑 시렁시렁 허지."

"콩새 앉는데 왜 촉새가 나스는 겨."

이런 말들이 문구의 머릿속에 버글버글 끓어올랐다.

1977년 발안 지역의 농민을 모델로 하여 당대 농촌의 상황을 충청도 지역어에 사설시조 및 판소리풍으로 쓰기로 했다.

「우리 동네 김씨」라는 제목을 붙여서 써내려갔다. 글 쓰는 일이 이렇게 재미있어도 되나, 싶을 정도로 술술 풀렸다.

아내도 출산 기미가 있다고 했다. 함께 병원에 갔는데, 초산이어서 아직도 멀었다는 의사의 말에 문구는 밖으로 나와 책방에 들렀다. 『문예중앙』 창간호가 나왔기에 그걸 사 들고 병원에 다시 가보니, 아내는 아들을 낳았다.

"누가 글쟁이 아들 아니랠까미! 『문예중앙』 창간호허구 같이 세상에 신고식을 하네 그놈 참!"

아들 이름을 산복이라 지었다.

이듬해에는 딸을 낳았고 이름을 자숙으로 지었다.

아내가 아이를 잉태하여 출산하는 동안 문구도 질세라 열심히 작업을 했다.

「우리 동네 김씨」 이후 작품부터 '우리 동네'를 붙여서 리씨, 최씨, 황씨, 정씨, 유씨, 강씨, 장씨, 조씨 9편의 단편을 발표했고 이것을 묶어서 『우리 동네』를 출간했다.

책은 별로 팔리지 않았고 청탁도 뜸했다. 산 입에 거미줄 치게 생겼으므로 다시 서울로 이사하게 되었다.

발안 동네에 경조사가 생기면 문구는 아내와 함께 나들이 삼아 들르곤 했다. 애들이 얼마나 컸는지 보고 싶다는 어른들의 말도 있고 해서 한 번은 두 아이를 데려갔다. 그런데 아이들은 그곳에서 살던 시절을 기억하지 못했다. 너무나 가난했으므로 집구석에 카메라 하나가 없어서, 백일, 돌에 사진 한 장을 못 찍어준 것이 문구는 속상했다.

'그 아름다웠던 추억이 깡그리 삭제되었다니……. 아이들에게 어린 시절을 복원시켜주자, 내 머릿속에 저장해둔 추억이 희미해지기 전에!'

문구는 이렇게 마음먹고 추억의 필름을 재생시켰다. 산복이와 자숙이, 토끼랑 강아지랑 풀밭에서 어울려 노는 풍경이 동화의 한 장면처럼 펼쳐졌다. 그 풍경을 사진을 찍듯이 한 컷씩 풀어놓으니 동시가 되었다. 백육십 편의 동시를 봉투에 담아서 일단 보관해두었다. 애들이 좀 더 커서 학교 들어가면, 이게 너희들 자라던 모습이니 읽어보아라, 할 생각이었다.

큰애가 육 학년이 되었을 때 불현듯 그 원고가 생각났다. 백이십

편을 추려서 동시집『개구쟁이 산복이』를 출간했다.

　이런저런 신경을 썼더니 몸이 자꾸 말썽을 일으켜서 종합검진을 받았다. 간염과 위궤양이라는 진단을 받았다. 고향에 내려가 휴양을 좀 했으면 싶었지만, 선대로부터 물려받은 전답과 집을 처분한 지 오래라서 마음을 접었었다.

　기회가 왔다. 친척이 이농하여 비워둔 집이 있으니 글방으로 써도 좋다고 해서 문구는 그 집을 아예 매입했다. 식구들은 서울 집에 그대로 살고 문구 혼자 보령으로 내려갔다. 고향을 떠난 지 삼십 년 만에 보령 군민으로 돌아온 것이었다.

　집 근처 화암서원에 자주 들렀다. 토정 이지함의 위패를 모신 곳에 올라서서 내려다보면 청라 저수지가 한눈에 들어왔다. 푸른 저수지를 내려다보자, 문구의 가슴 밑바닥에 가라앉아 있던 셋째 형의 얼굴이 파문을 일으키며 저수지 수면 위로 올라왔다. 문구가 아직 연좌제가 뭔지도 모를 나이에, 둘째 형은 계곡에서, 셋째 형은 대천 바다에 산 채로 수장되었다고 들었다. 문구는 가슴이 답답했다. 어깨를 들어 올려 한숨을 토해내도 여전히 체증이 남아 있었다.

　마음을 모으고 고개를 숙였다.

　'부디 평안히 잠드소서!'

　다시 청라 저수지로 시선을 옮겼다. 죄 없는 청라 저수지를 보령의 물이라는 이유로 원수 삼지 않기로 했다.

　그 뒤 자주 청라 저수지를 보러 갔다. 눈의 피로와 옹이진 근심을 풀어놓으며 벗 삼았다. 돌나물을 무쳐 먹고 즙도 짜서 마셨다. 냉이며 달래 그리고 민들레와 고들빼기 등 집 주변에는 먹을거리가 지천이었다. 이런 나물들을 채취해서 먹으니 위염도 호전되었으며, 간염도 좋아졌다. 고향에 내려온 덕분이었다.

『매월당 김시습』을 표제로 걸어놓고 집필에 들어갔다. 매월당의 삶에 대해 조망하고 그의 한시를 읽었다. 한시를 한글로 옮기는 작업을 하는데, 마음에 절절히 와닿는 대목이 많았다.

> 누구라 알았으랴 이 고향에 와서
> 나그네로 바닷가에 서성댈 줄을
> 늘그막에 또 한 번 옷깃을 적시누나

『매월당 김시습』은 출간하자마자 20만 부 이상이 팔려 나갔다. 다른 작품들도 판매 부수가 동반 상승하여, 강연도 들어오고 저자 사인회도 열렸다. 덕분에 방이 한 칸 더 있는 아파트로 이사했고, 작가가 된 지 이십칠 년 만에 제대로 된 '서재'라는 것도 생겼다.

좋은 일이 연이어 꼬리를 물고 일어났다.

SBS 창사 2주년 기념작으로 『관촌수필』이 선정되어 1992년 11월부터 1993년 2월까지 월화드라마로 방영되었다.

촬영의 상당 분량을 보령에서 찍었는데, 정작 보령에는 SBS가 나오지 않았다. 테이프를 사다가 집마다 돌려보는 진풍경이 벌어졌다.

작가 이문구는 물론이고 그의 부친 이름이 실명으로 텔레비전에 나왔다. 아버지와 아버지의 동료들을 복권시켰다고 자평했다.

일이 많아서 서울에 머물며 생활했다. 급한 일만 마무리되면 보령에 내려가서 쉬어야지 하다가 그만 때를 놓치고 말았다. 위암이었다. 짐작했음에도 막상 의사의 입을 통해서 그 말을 들으니 충격이 컸다.

위암 수술을 받았다. 문인 이문구는 이제 환자 이문구로 전환되고 말았다.

아내가 슬퍼하는 게 몹시 속상했고, 짐이 되는 게 미안했다. 아무리 힘들고 고통스럽더라도 식구들에게 폐를 끼치고 싶지 않아서 괜찮은 척하며 평소대로 행동하려 애썼다. 영화 연출을 지망하는 아들에게 전주국제영화제에 가서 영화도 보고 전주의 특산음식을 먹고 오라고, 음식점을 소개하는 신문 기사를 오려주었다. 홈쇼핑 업체에 다니는 딸이 우수사원상을 받아와서, '아비 된 자로 기쁘기 그지없다'라고 모처럼 일기장에 밝은 소식을 한 줄 적었다.

체력이 허락하는 한도 내에서 글 작업을 했다.

아이에게 배운다는 옛말이 있듯이, 자식을 키우면서 오히려 그 애들에게 배운 일, 당시에는 미처 깨닫지 못했던 일들이 생각났다. 앞으로 태어날 손자들이, 건강하고 바르게 자라서 이 사회에 꼭 필요한 사람이 되기를 바라는 마음도 생겼다. 손자들에게 직접 들려주고 싶은 이야기를 동시로 적어서 동시집 『산에는 산새 물에는 물새』

를 출판사로 보냈다.

기력이 바닥났다. 다 풀어내지 못한 이야기가 가슴에 묻혀 있는데. 이제 자신이 태어난 그곳, 관촌으로 돌아갈 때가 되었구나 알아차렸다.

명천은 관촌 마을과 읍내를 가운데 두고 마주 보이는 과녁빼기에 있는 땅이다. 관촌 마을이 좋아서 자신의 호를 명천으로 지었다.

'명천(鳴川) – 울음을 우는 여울'

'울 명' 자는 울림과 메아리의 느낌으로, 갓난아기의 신성한 고고 지성이라는 뜻으로 썼다.

지금까지 순전히 남의 덕으로 살았다, 싶다.

동리 선생께 가장 큰 빚을 졌다. 선생 덕에 작문을 직업 삼아서 작가로 살며 좋은 벗들을 만날 수 있었다. 형편이 나아지면 이들에게 밥도 사고 술도 넉넉히 좀 사고 싶었는데, 신은 어찌 그리도 야박한지……

사랑하는 가족을 불러서 일렀다.

"내가 혼수상태가 되거든 이틀을 넘기지 말고 산소 호흡기를 떼라. 화장 후에는 보령, 관촌에 뿌려라. 문학상 같은 것 만들지 말고 기일에는 제사 대신 가족끼리 식사나 해라."

아침에 일어나보니 눈이 내렸다.

"이월에 눈이라니, 진작 서두르지 않구……"

기침이 터져 나왔고 아내가 깼다.

아무래도 가야 할 때가 되었지 싶다고, 그동안 고마웠다고 말했다.

화장되어 한 줌 흙으로 돌아가고 나면 계절마다 뻐꾸기와 부엉이가 그리고 대천의 명천이 울음 울겠지, 문구는 그렇게 생각하며 조용히 눈을 감았다.

별을 흠모한 논개

봉선화 빛 붉은 노을을 바라보며 하염없이 앉아 있던 그녀는 몸을 털고 일어난다. 현기증이 난다. 기운을 차리려면 찬 없는 끼니나마 챙겨 먹어야 하겠어서 부엌으로 간다.

아침에 먹다 남은 찬밥과 된장을 꺼내어 부뚜막에 올려놓는다. 밥을 물에 말아 떠 먹는다. 전날에도 그 전전 날에도 이런 식으로 저녁을 때웠다. 현감 마님 생각을 하면 이 정도도 과분하다 싶다.

현감 마님은 어머니 장례를 치른 이후부터 산소 옆에 초막을 짓고 낮 동안엔 그곳에서 기거하다가 저녁엔 집에 온다. 하루에 조반 한 끼로 연명하기 때문에, 그녀도 되나 마나 끼니를 때운다.

근신하는 현감 마님은 모든 언행을 간소화하고 있다. 집을 나설 때는 방문을 열어놓고, 집에 돌아와서는 방문을 닫는 것으로 당신의 출입을 식솔에게 알린다. 발소리도 나지 않고 헛기침하는 버릇도 없어서, 일부러 신경 쓰지 않으면 이 양반이 들어왔는지 나갔는지 알

수가 없을 지경이다.

방문을 닫아드려야겠어, 방 안에 어둠이 들기 전에.

그녀는 몸을 일으켜서 현감 마님 방으로 들어간다. 잠자리를 봐드리려고 이불을 펼치던 그녀는 기함하면서 나동그라진다.

뱀이다!

뱀이 현감 마님의 이부자리에 똬리를 틀고 들어앉은 것이다.

뱀이 방바닥으로 툭 떨어지더니 몸뚱이를 길게 늘이며 방문턱을 넘어서 밖으로 내뺐다. 그녀는 몸서리를 치며 촛불부터 켠 다음 이부자리를 펼쳐놓는다.

현감 마님이 관청에 있을 때는 집에 드나드는 사람이 많았는데, 관청에서 나오자 일시에 발길이 뚝, 끊겼다. 사람 발길이 뜸해지자, 집 안엔 온갖 잡것들이 설쳐댄다. 이른 봄부터 제비가 처마 밑에 한 살림 차렸다가 나갔고, 왕벌이 흙벽에 구멍을 숭숭 뚫어놓고 기세 좋게 드나드는가 하면, 댓돌에 벗어놓은 신발 속에는 그리마가, 부엌에는 젓가락만 한 지네가 시도 때도 없이 출몰해서 그녀는 사기대접을 두 개나 깨뜨렸다. 그러더니만 결국엔 뱀이 방에까지 침투하는 지경에 이르고 만 것이다. 이것이 무슨 변고를 알리는 예시가 아닌지, 현감 마님께 이 사실을 알려야 하는지, 별일도 아닌데 호들갑을 떤다고 야단을 맞지 않을지 하는 생각들이 마구 가지치기를 한다.

현감 마님이, 현감 마님이던 장수 시절이 그립다. 그때는 마님은 물론이고 어머니도 있었고 봉선 언니도 있었다. 짧은 기간이었지만 나름 행복했고 사는 재미도 있었다. 어머니와 마님이 돌아가셨다.

사고무친이 된 그녀를 아내로 맞아주겠다는 언질이 있을 즈음, 능주에 계시던 노마님께서 돌아가시어 현감 마님이 벼슬을 놓고 이곳으로 오게 된 것이었다.

소상을 치르고 난 후 현감마님이 그녀에게 말했다.

"탈상하고 나면, 최 씨 호적에 올려줄 테니 그때까지 근신하고 지내거라."

그녀는 그 말이 달갑지 않았다. 할아버지 곁에 할머니가, 아버지 곁에는 어머니가 묻힌 것처럼 현감 마님도 죽으면 마님 곁에 묻힐 것이다. 이것이 보기에도 좋고 순리에도 맞는다. 또한, 현감 마님과는 마흔두 해나 차이가 나니, 그의 후처가 된다는 것은 보기에도 모양 빠지는 일이다. 그런데도 싫다는 말을 하지 못하는 데에는 사연이 좀 있다.

그녀가 세상에 나와보니 집 안에는 묵향이 가득했다. 진사인 아버지, 주달문은 학문에 조예가 깊었으므로 글을 배우러 오는 학동들이 끊이지 않았다. 그녀는 숟가락질이 익숙해질 무렵부터 먹을 갈았고 학동들 속에 끼어 글을 배웠다. 언제나 동문보다 한걸음 앞서 나갔으며 언변 또한 뛰어나고 총기가 밝아서 남부러울 것 없이 지냈는데 그만 아버지가 병으로 죽었다.

가세가 급속도로 기울어져서 그녀는 어머니와 함께, 숙부인 주달무의 집으로 들어가게 되었고, 어느 날 느닷없이 김부호라는 사람의 집에서 혼례를 치른다며 그녀를 데리러 왔다. 이미 혼인을 약속했다고, 사주단자도 보냈다고 막무가내로 생떼를 쓰고 우겼다.

까닭은 이러했다.

김부호에게는 나이가 많고 몸이 성치 않은 아들이 하나 있는데, 그녀의 사정을 알고는 주달무를 벼 오십 석으로 매수하여 일을 꾸민 것이었다. 모녀가 이에 응하지 않자, 김부호는 고발했고, 모녀는 결국 옥살이를 하게 되었다. 장수 현감 최경회는 덕망이 있고 청렴하기로 칭송이 자자했다. 그러나, 김부호 쪽에서 내놓은 돈이 워낙 거액이라서 최경회가 매수당한 것 같더라, 고 옥중 사람들이 숙덕거렸다.

재판이 열릴 때마다 모녀는 분명하게 말했다.

"저희 모녀는 혼인 이야기는 들은 적도 없고 사주단자가 어떻게 생겼는지도 본 적이 없습니다."

"저희 어머니의 말씀에는 추호도 거짓이 없습니다. 또한, 저는 그 댁에 시집가고 싶지 않습니다."

해를 넘겨가며 시비를 가린 끝에 김부호와 주달무는 옥에 갇히게 되었고, 모녀는 방면되었다.

기쁨도 잠시, 모녀는 갈 데가 없게 되었다.

그때 최경회의 부인이 병이 났고 모녀는 임시방편으로 그 댁에 들어가게 되었다. 그때부터 최경회를 현감 마님으로, 그의 부인을 마님으로 부르게 되었다. 그럭저럭 지낼 만했는데, 그녀의 어머니가 갑자기 죽었고 얼마 지나지 않아서 마님도 죽었다. 천애 고아가 되어버린 그녀는 자기 인생 행로에 대하여 누구를 붙잡고 의논할 상대도 없이, 바다에 표류하는 배처럼 바람이 부는 대로 흔들리고 멎어

온 것이다.

우두두두…… 달구비 떨어지는 소리에 그녀는 맨발로 뛰어나간다. 장독소래기부터 덮고 수건을 걷어서 머리에 뒤집어쓰고 빨래를 걷는다. 콩알만 한 빗방울이 살갗에 닿을 때마다 따끔거린다. 허방지방 비설거지를 하다 보니 물에 빠진 생쥐 꼴이 되었는데, 하필 그때 마당에 들어오는 현감 마님과 맞닥뜨렸다. 현감 마님도 생쥐 꼴이긴 마찬가지이다. 주렴같이 내리꽂히는 빗줄기를 피해 겅중겅중 뛰어 방으로 들어가더니, 연신 재채기를 해댄다. 그녀는 옷을 갈아입을 염도 못 내고 부엌으로 들어간다. 보릿단을 풀어서 아궁이에 집어넣고 불을 붙인다. 보릿짚 타는 내가 나고 그녀의 옷에서도 김이 난다. 그녀는 손가락을 꼽아본다. 하나, 둘, 셋…… 열. 오란비가 내린 지 열흘째이다. 무슨 변괴인지 모르겠다고 생각한다.

알 수 없는 울음소리에 그녀는 눈을 뜬다.

먹는 것도 부실한데, 큰집 살림을 건사하다 보니 누웠다 하면 곯아떨어져서 모기가 물어도, 부엉이가 울어도 깨지 않았는데, 이상한 울음소리에 그만 눈이 떠진 것이다.

또 운다. 처음 들어보는 울음이다.

귀를 기울여 들어본다. 새는 아니다, 소리가 땅에서 나는 것으로 미뤄볼 때. 귀뚜라미도 아니다. 그 울음은 귀뚜라미의 그것과는 사뭇 다르다. 날개 달린 생물들의 울음은 가볍고 맑아서 적으나마 듣는 사람을 배려한달까, 눈치를 좀 본달까, 하는 느낌이 들게 하는데,

저 울음은 물에 잠긴 듯하고 끈질긴 데가 있다. 무신경해지려고 노력해보지만, 노력하는 자체로 이미 그 울음에 의식을 잠식당하는 것 같다. 아, 진짜 뭐지? 능구렁이? 고개가 가로저어진다. 능구렁이는 일몰 직전에, 지상의 빛이 어스름하게 물들 때쯤에 음흉하게 질질 흘리듯이 운다. 뭘까, 왜 울까. 생물들은 짝짓기할 때 상대에게 신호를 보내기 위해 운다던데, 저 울음은 좀 절박한 데가 있다. 구조 요청을 하는 신호 같기도 하다. 어쩌다가 지하에 갇히는 신세가 되었을지도, 아니면 죽어서 한풀이하는 소리일지도 모르지. 그녀는 국수 반죽을 홍두깨로 밀듯이 점점 괴이한 생각을 늘이고 있다. 그 생물이 자리 잡은 장소도 신경 쓰인다. 울음의 질로 본다면, 변소 어름이나 거름 더미가 맞을 텐데 뒤란 쪽이다. 뒤란은 장독대가 있는 신성한 곳이다. 신경이 새로운 국면으로 선회하는 중이다. 지붕 속에 있던 집지킴이가 씨 간장이 담긴 장독에 똬리를 틀고 앉아 우는가? 그런가 보다. 집 안에 상을 당해서 미물들도 조상하려고 저리 우는가 보다. 날이 밝는 대로 장독대 청소를 해야겠다. 이렇게 돌리고 나니 마음이 좀 진정이 된다. 다시 잠을 청한다.

옹배기에 물을 담아 들고 뒤란 쪽으로 가다가 그녀는 하마터면 고꾸라질 뻔했다. 발밑으로 뱀이 기어와서 옹배기를 놓쳤고 그 서슬에 그만 징그러운 그것이 그 밑에 깔려버렸다.

"휴우……!"

그녀는 이마를 짚는다. 뱀이 아니고 지렁이인데, 처음에 눈에 뜨일 때 뱀으로 착각했고 지렁이라고 인식한 순간에는 이미 옹배기가 손에서 빠져나간 후였다.

그녀는 쪼그려 앉는다.

'지렁이가 운다는 소릴 들은 적이 있어. 그러니까 지난밤 성가시게 울어대던 게 이 물건이었어.'

큰 옹배기 조각을 채반처럼 들고 그 위에 작은 조각을 담는다. 으깨진 지렁이 사체가 드러난다. 지렁이에게 미안한 마음이 든다. 예리한 통증이 손끝에 인다. 엄지를 옹기 조각에 베인 것이다. 피가 제법 많이 나온다. 급한 김에 행주치마로 엄지를 감싼다. 바람이 심상찮다. 또 비가 오려는가 보다. 된장독이고 쌀독이고 곰팡이가 피는데, 이놈의 오란비는 언제 물러가려는지……

또 들린다, 어젯밤의 그 울음소리가. 어제는 뒤란 쪽이었는데 이번엔 수채 쪽이다.

뚜루루루루 뚜루루루루……

그 소리를 따라 숨을 참아보다가 훅, 하고 숨을 터뜨린다. 울음의 길이가 무척 길다.

밤중에는 작은 소리도 십 리를 간다는데, 현감 마님과 봉선 아배는 왜 아무 기척이 없지? 환청인가?

아니다. 분명히 들린다. 왜 밤에만 우나? 사람의 정신을 분산시켜놓고 혼을 빼서 해치운 다음 이 집을 차지하려고 그러는 건 아닐까? 내일은 땅을 파보든지 해야겠다, 다시 잠을 붙든다.

식전부터 봉선 아배가 땅을 파고 있다. 그이도 울음소리 때문에 잠을 설쳤다면서.

수십 마리의 지렁이가 구물거리고, 땅강아지도 있다. 쏜살같이 도망가는 땅강아지를 발로 막더니 그중에 한 마리를 집어 든다.

"이놈이었네."

봉선 아배는 땅강아지를 그녀 쪽에 대준다. 머리 쪽은 가재를 닮았고 앞발은 쇠스랑같이 생겼다.

"지렁이가 아니고 얘가 울었다고요?"

"지렁이는 눈도 귀도 없는디……."

살기 위해서는 모든 생물이 모두 전쟁을 치러야 한다는 사실이, 새삼스럽다.

'밤새 지렁이들이 얼마나 무서웠을까…….'

곡괭이질을 하는 봉선 아배가 동문서답을 하듯이 지껄인다.

"지렁이 소굴에는 반드시 땅강아지가 있다드마는……."

뜻은 통하지 않지만 그래도 심성이 무던하여 그녀는 그이가 좋다, 봉선 언니의 아버지니까 말이다.

봉선 아배는 현감 마님 댁의 씨종이었다.

그녀가 이 댁에 들어온 어느 날, 마님이 그녀와 봉선을 한자리에 불러 앉혔다.

"논개, 너는 양반집 자손이고 봉선이 너는 그렇지 못하다. 그러니 봉선이는 논개에게 하대하면 못쓴다, 둘 다 알아들었지?"

두 아이는 네! 하고 대답했다. 그렇지만 두 살이나 많은 봉선에게

딱 부러지게 하대하기 싫어서 그녀는 말을 붙이지 않았다.

봉선이 먼저 말을 걸어왔다.

"뭐 좀 물어봐도 돼?"

"……."

"이름이 왜 논개야?…… 넌 네 이름이 이상하지 않아?"

그녀는 고개만 끄덕여주는 것으로 대답을 대신했다.

그녀는 자기 이름의 내력을 수십 번도 더 들어서 아주 잘 알고 있다. 그러나 천박한 호기심으로 사람들 입에 오르내리는 것이 싫어서 아예 입을 다물어버리는 것이다.

그녀는 갑술(甲戌)년, 갑술(甲戌)월, 갑술(甲戌)일, 갑술(甲戌)시 생이다. 다시 말해서 사주에 사갑술(四甲戌)을 갖고 태어난 것이다. 십이간지 중에 술은 개띠에 속하고, 그 지방에서는 '낳다'를 '놓다'라고 하니 '개를 놓았다'라고 해서 논개가 되었는데 다른 내막이 하나 더 있다. 무병장수를 비는 마음에서 천한 느낌을 지닌 논개로 지은 것이었다.

그녀의 부모는 첫아들을 낳았을 때 대룡(大龍)이라고 이름을 지었는데 그만 어린 나이에 죽었다. 그 후 오랜 세월을 자식 없이 보내다가, 아기를 점지해달라고 명산을 찾아다니며 치성을 드렸고 드디어 그녀를 잉태하게 된 것이다.

봉선 아배는 대놓고 부르지는 않지만, 어른들에게 보고할 때라든가, 봉선과 이야기를 나눌 때는 '논개'라는 이름을 불렀다. 그것은 봉선 또한 마찬가지였다.

어느 날, 텃밭에서 옥수수를 따다가 그녀가 그만 벌에 쏘이는 사고가 생겼다. 예리한 통증이 범위를 넓히며 묵직하게 퍼져 나갔다. 하필 왼쪽 눈 밑이어서 시야가 점점 가려졌다. 통증은 점점 더 심해져서 마치 생물이 꿈틀대는 것 같았다. 벌이 얼굴에 새끼를 쳤으면 어쩌지 싶었다.

마당 화덕 위 솥에다 옥수수를 넣고 보릿대로 불을 때고 있던 봉선에게 말했다.

"언니, 나 무서워!"

"언, 니?"

혼잣말처럼 이렇게 묻던 봉선이 화단으로 후다닥 뛰어갔다. 봉선은 흰 봉선화 줄기를 잡고 꽃과 잎을 와락와락 뜯어서 모아두고는 자기 방으로 뛰어 들어갔다. 화덕 아궁이에 넣어둔 보릿대는 다 타서 마당으로 기어 나오는 중이었다. 그대로 두면 불이 보릿대 다발로 옮아 붙게 생겼다. 아직 불을 때보지 않아서 약간 두렵긴 했지만, 그녀는 한쪽 손으로는 여전히 볼을 감싸 쥔 채, 불을 아궁이로 밀어 넣고 새 보릿대도 움켜서 불땀에 보탰다. 방에서 나온 봉선의 목에는 베수건이 걸려 있었고 손에는 강낭콩만 한 백반 한 도막이 들려 있었다. 며칠 전에 봉선과 그녀가 손톱에 봉선화 꽃물을 들일 때 쓰고 남은 거였다. 봉선이 봉선화 꽃과 잎에 백반을 넣고 짓찧었다. 봉선화 잎 으깨지는 냄새와 옥수수 익는 냄새가 마당에 퍼져 나갈 때 마님의 방문이 열렸다. 신을 끌며 봉당에서 마당으로 내려서던 마님의 눈길이 봉선과 화단의 흰 봉선화 쪽을 번갈아 얽어맸다.

순간, 그녀는 흰 봉선화는 귀한 것이니 약으로 쓰게 씨를 받아야겠다던 마님의 말씀이 떠올랐다. 마님이 평상에 올라가 자리 잡고 앉으며 말했다.

"그거 이리 가져오너라. 논개 넌, 이리 와 눕고."

봉선은 짓찧은 봉선화 잎을 가져다 마님께 대령했고 그녀는 조심스럽게 마님 옆 평상에 누웠다. 마님이 그녀의 상처에 봉선화 잎을 올려놓은 다음 베 보자기로 싸매주었고 봉선이 옥수수를 건져 왔다. 봉선이 그녀의 상처를 만져보며 물었다.

"안 아파?"

그녀는 마님도 보도록 고개를 크게 끄덕거렸다. 마님이 옥수수 바구니를 끌어당기자, 봉선이 말했다.

"제일 큰 것 두 개는 솥에 남겨두었어요, 마님."

현감 마님과 자기 아버지 몫을 먼저 챙기는 것은 봉선에게 의례적인 일이었다. 마님은 그 말에 대답 없이 제일 큰 옥수수를 골라서 반을 잘라 봉선에게 주었다.

"옜다, 애썼다."

불 때느라 애썼다는 건지, 봉선화 꽃잎 찧느라 애썼다는 건지, 아니면 봉선화 꽃잎을 함부로 꺾어버린 걸 용서한다는 건지, 그녀는 마님의 의중을 헤아릴 수가 없었다.

봉선은 마님이 내민 옥수수 토막을 두 손으로 공손히 받아서는 논개에게 내밀었다.

논개는 그걸 받지 못하고 마님의 눈치부터 살폈다.

"언니가 주는데 받으려무나."

논개와 봉선의 눈이 허공에서 얽혔다. 그녀는 침을 한 번 삼키고는 말했다.

"고마워, 언, 니."

그때부터 봉선은 논개에게 봉선 언니가 되었고 그녀는 봉선에게 논개로 불리게 되었다.

상처는 쉽게 아물지 않고 자꾸 덧나서 마님이 몇 차례 흰 봉선화 잎을 짓찧어 논개의 볼에 붙여주었다. 상처는 결국 흰 봉선화 한 대를 다 작살내고 나서야 아물었다.

이듬해, 봉선화 피는 계절이 돌아왔다. 유난스레 날은 가물었고 마님의 병환은 점점 더 깊어갔다. 중복에서 말복으로 건너가던 즈음의 어느 날이었다. 닭이 첫 홰를 울 때 마님 방에서 곡소리가 나더니, 두 홰를 울고 났을 때, 현감 마님이 마님의 부고 소식을 식솔들에게 알렸다.

그날 화단에 흰 봉선화꽃이 피었다.

마님이 그 꽃을 끝내 보지 못하고 숨을 놓은 게 논개는 못내 아쉬워서 봉선 언니에게 물었다.

"마님도 아셨을까, 언니가 흰 봉선화 모종을 구해다 심었다는 걸?"

봉선은 대답이 없었다. 남이 알아주는 게 무슨 대수인가, 그것이 사실이면 되었지.

이것이 평소에 봉선 언니의 마음이라는 것을 논개는 진즉부터 알고 있었다.

마음결이 곱고, 잠자는 모양도, 걷는 태도도 얌전한 봉선 언니.

피부가 박꽃처럼 어여쁜 봉선 언니에게는 남몰래 가슴에 품어둔 정인이 있었다. 논개도 딱 한 번 그 사람을 본 적이 있는데, 입이 딱 벌어질 만큼 잘난 그분은 황희 정승의 5대 손자인 황진 나리이다. 그분은 무관인 데다 현감 마님보다는 연치가 거의 스무 해나 아래이지만 두 분 사이에는 끈끈한 우정이 있어서 왕래가 잦았다. 현감 마님이 이곳 장수 현감으로 오기 전부터 봉선 언니는 그분을 만났고 첫눈에 마음을 빼앗겨서 속을 끓여왔다. 그분이 젊어서부터 여자를 가까이하는 기질이 있다는 것을 알고는 기생이 되겠다고, 어떻게든 가까이에서 모시고 싶다고 하더니, 봉선 언니는 정말로 진주 교방으로 가버렸다.

그 후 봉선 언니는 두어 번 집에 다녀갔다. 기생으로 머리도 얹었고 이름은 보화라고 새로 지었다고 했다. 보화는 무슨, 봉선 언니는 죽을 때까지 봉선 언니지. 논개는 이렇게 빈정대줬다.

탈상이 두 이레 앞으로 다가왔다.

이제 좀 온전히 일상으로 돌아가려나, 했는데 낯선 사람들이 자주 찾아오는가 하면 현감 마님의 출타가 잦았다. 동네 사람들 사이에서 난리가 난다는 소문이 돌고 있다. 난리가 난다니 그게 정말 사실일까. 논개는 마음이 뒤숭숭해져서 봉선 언니라도 좀 안 오나 하고 바랐는데, 정말 왔다, 봉선 언니가.

상청에 예를 올리고 난 봉선 언니가, 댓돌에서 기다리고 서 있는 논개를 보며 팔을 벌린다. 둘은 서로 얼싸안으며 얼굴을 맞대고 부빈다.

"어떻게 왔어, 언니. 여기서 진주가 천 리인데."

"음, 아버지 보러. 너도 보고 싶고 해서."

"언니, 난리가 난다는데, 정말 그런 일이 생길까?"

"그럴지도 모른대. 사실은 그래서 왔어. 무슨 일이 생길까 봐서……."

둘은 마주 보다가 끌어안고 서로 토닥여준다. 논개는 봉선을 자기 방으로 데리고 들어간다.

봉선이 들고 온 보따리를 푼다. 치마저고리 한 벌이 나온다.

"상복 벗고 나면 그때 이거 입어."

한 번도 보지 못한 색감과 부드러운 질감의 그 옷은 눈이 돌아갈 정도로 아름답다.

"입어봐, 잘 어울리나 보게."

"고마워, 언니."

현감 마님 오기 전에 얼른 입어보라지만, 상중에 그런 요란한 옷을 걸쳐본다는 자체만으로도 불경스러운 일이기에 논개는 보자기 채 궤짝 속에 감춰놓는다.

"맘에 안 들어?"

논개는 고개를 가로저으며 말한다.

"이뻐, 내 맘에 쏙 들어. 아껴두었다가 좋은 날 오면 그때 입을게."

"좋은 날, 언제! 너 무슨 일 있는 거야?"

"저기……."

"뭘 그렇게 꾸물대, 이러다 동방삭이 숨넘어가겠다, 야."

"어려운 문자도 쓰고? 언니 많이 달라졌네? 좋아 보여, 언니. 그쪽 생활은 할 만해?"

"왜, 너두 기생하게?"

논개는 듣고만 있다.

"어디 가든 자기 맘먹을 탓이지. 절간에 가도 눈치가 있어야 새우젓 국물이라도 얻어먹는다고…… 나쁘진 않아."

'역시 언니는 달라지고 있구나. 상대하는 사람이 양반들이니 쓰는 말법부터 다르네.'

생각에 빠져 있는 논개를 쿡 찌르며 봉선이 보챈다.

"야, 그 얘기 마저 해봐. 너 좋은 일 있지?"

"탈상하고 나면 정식으로 호적에 올려준다네."

"휴! 아휴……!"

봉선이 땅이 꺼지도록 한숨을 쉬었지만, 논개는 왜냐고 묻지 못한다.

이튿날 봉선은 비녀를 논개에게 빼주고, 풀어진 머리를 대충 감아 틀어서 젓가락으로 꽂고 울면서 떠났다.

정말 난리가 날 모양인데, 현감 마님은 관직에서 물러난 채로 이대로 그냥 늙어가시는 건가?…… 논개의 마음에 먹구름이 들어찬다.

부산포에 왜적이 출몰했단다!

어떻게 해야 할지 몰라 불안에 떨고 있는 식솔들을 현감 마님이 불러 모았다. 조선을 점령한 후 명나라로 진격하려는 것이 왜의 목표라고, 탈상을 마치는 대로 당신도 전쟁에 참여할 거라고 공표했다.

현감 마님은 무인도 아니고, 환갑도 지났을 뿐 아니라, 이제는 현감도 아니다. 그런데 무슨 힘으로, 무슨 명분으로 나라에 한 몸을 바치겠다는 말씀인가. 논개뿐만 아니라, 식솔들도 이렇게 생각했지만 면전에 대고 따져 물을 수는 없는 일이었다.

날마다 나쁜 소식이 퍼져 나가는 속에서 탈상을 마쳤다.

현감 마님이 가형과 친척들 그리고 인근의 젊은 사람들을 불러 모아서 선포했다.

"이제부터 나는 이 한 몸을 나라에 바치려 하니, 너희도 내 뜻을 따르도록 하라!"

현감 마님은 월강사 부근에 훈련장을 차려놓고 날마다 군사훈련을 했다. 뜻 있는 사람들이 속속 모여들었다. 이들을 의병이라 했고 현감 마님은 그 우두머리가 되어 의병장이라고 했다. 전국 요소요소에서 의병이 모였는데, 그곳의 의병장들도 대개는 군사훈련을 받은 적이 없는 고을의 양반들이라고 했다.

봉선 아배도 의병 속에 끼어 현감 마님의 수족 노릇을 하고 논개도 현감 마님이 갈아입을 옷을 들고 훈련장에 나갔다.

의병장들은 서로 연통을 놓아 왜적이 침투하는 노선을 알리면서 작전을 짰다.

훈련장은 전쟁터를 방불케 했다. 기합 소리, 다쳐서 신음하는 소리가 곳곳에서 들렸다. 죽음을 불사할 각오로 열심히 훈련하는 걸 보면서 논개도 의병의 일을 도왔다.

날만 새면 나쁜 소식이 들렸다.

왜적을 막으려다 고귀한 생명이 연일 죽어갔고 해상에서는 이순신 장군이 활약했지만, 임금은 궁을 내주고 의주로 파천하였다.

나라를 지키기 위해 관군은 물론이고 농민이나 절에 있는 승려들까지도 의병 활동에 나섰다는 이야기와 함께 황진 나리의 활동 소식도 들려왔다. 권율 장군의 휘하에 들어가 행주대첩을 승리로 이끌었고 이치와 웅치 전투에서도 크게 활약하여 적을 몰아냈다. 조선의 화살이 왜의 조총을 이긴 전투라고 했다.

왜적이 일진 이진 삼진식으로 계속 조선에 쳐들어오는 가운데, 진주성을 쑥대밭으로 만들었으며 진주 목사 김시민 장군이 이 전투에서 전사했다는 비보가 날아왔다.

현감 마님에게 김천일 장군과 황진 나리에게서 전령이 왔다. 하루속히 진주로 와달라는 내용이었다.

현감 마님은 의병들을 집결시키고 참전을 선포했다.

"한 번 죽어 나라를 지켜내고 두 번 죽어 가족과 이웃을 지켜낼 것이다. 자, 다 함께 전장으로!"

그 순간 논개는 빛을 보았다.

육신은 비록 늙었으되 그 뜻만은 강철처럼 단단하고 무지개처럼 찬란하구나. 참으로 훌륭한 분이구나!

출전하겠다는 함성이 산천을 뒤흔들었다.

'저분들은 모두 누구의 아들이고 누구의 남편이며 아버지일 터인데……!'

가슴이 먹먹해지면서 나도 저들의 대열에 끼일 테다, 하고 논개는 전장으로 가기로 했다.

진주성에 와보니 그야말로 아비규환 속이었다. 난리를 겪은 성내는 기물이 부서지고 시체가 나뒹굴었다. 군졸들, 풀 옷을 걸친 농민들이 작업을 하고 있었다. 나무를 베고 한쪽에서는 돌을 깨고 그것들을 옮기느라 개미처럼 띠를 형성했다. 그 작업자 속에는 진주교방의 기생도 있었다. 비단옷을 벗어버리고 무명 저고리에 남자 바지를 입고, 상투를 틀어 얹어 수건으로 가린 차림으로, 돌을 머리에 이고 옮기는 그녀들 속에는 물론 봉선 언니도 있다고 봉선 아배가 전해주었다. 기생들은 전쟁터 부근에 임시 숙소를 마련하여 지내고 있었다. 논개도 봉선 아배의 안내를 받아 그 숙소에 짐을 풀고 봉선과 재회했다.

"현감 마님이 능주 의병대장이 되었다는 소릴 들었어. 황진 나리도 어제 오셨거든."

논개도 봉선과 함께 작업 현장으로 나갔다.

봉선은 눈빛을 반짝이며 각오를 다졌다.

"나도 끝까지 싸울 거야. 죽는 건 하나도 두렵지 않아."

그렇게 말하던 봉선 언니, 사랑하는 봉선 언니……!

진주 전투에서 승리한 왜군들이 축하연을 벌였는데, 진주의 기생들을 강제로 동원해 갔다.

"김시민 장군을 죽인 원수 놈들!"

"그놈들 시중을 드느니, 차라리 혀를 깨물고 죽는 게 낫지."

하면서도 기생들은 어쩔 수 없이 얼굴에 분칠하고 연회장으로 갔다.

우두머리 중에 한 놈이 봉선을 점찍더니, 강제로 욕을 보이려고 했다. 봉선은 그 얼굴에 침을 뱉었다. 놈은 칼을 빼 봉선을 반토막 내었다.

이 소식을 접한 논개는 세상이 반 토막 나는 기분이었다.

턱을 떨며 울다가 지쳐서 무심코 올려다본 하늘에는 무심하게 별이 떠 있었다. 그 별빛 속에 밝게 웃던 봉선 언니의 얼굴이 떠올랐다.

조선의 병사들이 죽음으로써 기필코 진주성에서 적들을 몰아내기로 결사 다짐하는 가운데, 비가 연일 퍼부어 성대가 무너져 내렸다. 아군에게 불리한 조건이었다. 황진 장군이 적의 탄환을 맞아 죽었고 결국 진주성이 함락되고 말았다.

봉선 언니도 죽고 황진 장군도 죽고…… 논개는 현감 마님이 보고 싶었다.

융복으로 갈아입은 현감 마님이 논개가 묵고 있는 거처로 와서 봉선의 죽음을 이야기하면서 마음을 단단히 붙들라고 위로해주었다. 따로 숙소가 없었기 때문에 짧은 만남을 뒤로한 채 현감 마님과 작별해야만 했다. 죽음이 그 자락을 펼치며 엄습해오고 있다는 것을 직감한 논개는 전장에 나가지 않고 집에 있다가 마침내 현감 마님이 운명했다는 전갈을 받게 되었다.

예상한 일이지만 너무나 비통해서 숨이 멎을 것만 같다.

준비해두었던 소복을 꺼내 입고 머리를 빗는다. 남강 쪽을 향해 절을 두 번 하고 곡을 한다. 밥을 새로 해서 상식을 올리고 또 절을 두 번 하고 나서 논개는 스스로 쪽을 찐다.

체경을 본다. 낯설지만 또 낯설지 않다. 현감 마님이 모친 탈상을 치르고 나면 정식으로 부인으로 삼겠다고 말해온 터라서 그때를 상상하곤 했었기 때문인지도 모른다.

봉선 아배가 논개를 찾아왔다.

"오늘 밤 왜놈들이 촉석루에서 연회를 연다는디, 기생들이 모다 거기 불려갈 것이라는디?"

밑도 끝도 없이 이 말을 뱉고 엎드려 운다. 흐엉 흐엉 짐승처럼 우는 봉선 아배를 위해 논개는 한바탕 통곡을 하고는 말한다.

"이따가 나 좀 남강에 데려다줘요."

봉선 아배는 들었는지 못 들었는지 울기만 하고, 논개는 부엌으로 들어가 밥을 한다.

봉선 아배와 겸상으로 밥을 먹고, 논개는 방으로 들어가 침착하게 죽음을 준비한다. 봉선이 준 옷과 좋은 날이 오면 입혀드리려고 마련해둔 현감 마님의 옷도 꺼낸다. 새 옷을 갈아입고 비녀도 꽂은 다음 현감 마님의 옷을 보자기에 싸서 집을 나선다. 한 걸음 뒤에서 봉선 아배가 그림자처럼 따라붙는다.

촉석루 아래 남강에 다다랐다.

무심한 듯 유유히 흘러가는 강물을 내려본다. 현감 마님이, 황진 나리가, 봉선 언니가 거기 흘러간다. 모두 보고 싶은 얼굴들이다.

두 번 절하고 챙겨온 보따리를 물속에 던진다. 보따리가 물을 머금으며 가라앉는다.

허망하다. 한 생이 이게 끝이란 말인가? 이렇게 죽는 게 나라를 위한 일이란 말인가?

들기로는 김천일 나리는 자기 아들에게 함께 죽자며 동반으로 물에 빠졌다고 하던데……. 일생에 단 한 번으로 끝나는 죽음을 이렇게밖에 선택할 수 없나, 하는 생각이 든다.

"기왕에 죽으려면 적을 한 명이라도 죽여라!" 하고 경고했다던 어떤 장수의 말이 떠오른다.

논개는 촉석루로 올라가 기생 무리에 섞인다. 그들은 침통한 표정으로 먼 곳을 응시하거나 머리를 감싸고 있을 뿐 타인에게 관심을 두지 않는다.

연회는 벌어지고 술잔이 오고 가고 왜놈들은 기생들을 하나씩 꿰차고는 함부로 주무른다.

어떤 놈일까, 우리 봉선 언니를 죽인 원수 놈이.

왜놈들이 먹잇감을 바라보듯 침을 흘리며 논개를 쳐다본다. 우두머리로 보이는 한 놈이 논개 옆으로 다가와 어깨를 감싼다. 역겨운 체취 때문에 숨을 쉴 수가 없다. 그놈이 아니라도 상관없어, 하면서 애교 띤 눈웃음을 날려주고는 몸을 빼낸다. 놈이 무르춤하게 쳐다본다. 한 번 더 웃어주고는 사뿐사뿐 경쾌한 걸음걸이로 강을 향해 내려간다. 나라는 거덜이 났고 사랑하는 사람들은 죽었다. 지저분하게 연명을 하느니 차라리 먼저 간 님들 곁으로 가려는 것이다. 혼자 죽을 수도 있고 한 놈을 끌고 들어갈 수도 있다. 남강의 바위에 다다른 논개는 춤을 춘다. 잘 있거라, 한 많은 세상이여! 아까 그놈이 술병을 들고 따라오고 있다. 고꾸라진다. 잘하면 절벽으로 내리구를 수도 있는 상황이다. 손대지 않고 코 풀게 생겼다고 내심 논개가 좋아하는데, 놈이 비틀비틀 일어난다. 병을 입에 대고 나발을 분다. 빈 병을 강물에 집어 던지더니 허리춤에 찬 칼집을 바로하고는 논개를 향해 내려온다.

'오라, 기꺼이!'

논개는 춤을 제대로 춰본 적은 없다. 그러나 놈을 유혹하기 위해 얼굴에 은근히 아양기를 띠고 몸을 비틀어 교태를 부린다.

놈이 바위에 올라서더니 느닷없이 칼을 빼 든다. 논개는 바싹 다가가 놈의 턱을 치켜든다. 놈이 칼집을 풀어서 멀찍이 던져두고는 훌훌 옷을 벗는다. 논개의 춤 박자에 맞추어 춤을 춘다. 둘은 태극의 문양처럼 돌고 돈다. 논개가 돌아서자 놈도 돌아선다. 논개는 몸을 놈의 사타구니에 밀착시키고 목을 껴안는다. 놈이 논개의 허리를 답삭 끌어안는다. 논개는 깍지 낀 손에 힘을 준다. 이제 자웅동체가 된 듯 단단하게 얽혀 있다. 놈의 혀가 논개의 목에 닿는다. 논개는 무릎으로 놈의 사타구니를 냅다 질러주면서 동시에 놈을 강 쪽으로 민다.

풍덩!

물보라를 일으키며 논개와 놈이 한 덩어리가 되어 남강으로 떨어진다. 내려갈수록 물속은 고요하고 논개는 편안해진다.

대중 속으로 들어간 원효스님

당항성에 도착했을 때 주변엔 벌써 어둠이 깔리고 있었다. 서둘렀지만 초행길이다 보니 예상보다 시간이 지체되었다. 의상이 왔나 하고 두리번거리는데 손을 들어 흔드는 이가 있다. 삿갓을 쓰고 등이 눌리다시피 등짐을 졌다. 의상인 것을 알아보고 원효도 답례로 손을 흔들어주었다. 언제 어디서 보아도 반가운 도반이었다. 원효는 마흔넷이고 의상은 서른여섯으로 여덟 해 차이가 난다. 사문에 든 법랍도 그 정도로 차이가 나긴 하지만 지향하는 관점이 같고 뜻이 잘 통해서 두 사람은 든든한 도반으로 여기며 지냈다.

　두 사람은 당나라로 유학을 떠나기 위해 이곳 당항성에 왔다.

　십여 년 전에도 시도했다가, 압록강 쪽에서 고구려의 순라군에게 잡혀서 실패했다. 그래서 이번에는 이곳에서 뱃길을 이용하기로 한 것이었다.

　의상이 뒤뚱거리며 뛰다시피 원효에게 왔다.

원효가 의상의 손에 든 짐을 나눠 들며 먼저 인사했다.

"어서 오시게."

"네, 스님. 제가 좀 늦었습니다."

"나도 온 지 얼마 안 되니 괘념치 마시게나."

후드득 빗방울이 떨어지고 있었다. 장마가 시작되기 전에 길을 나선다고 날을 잡았는데 비가 오다니 난감한 일이었다.

"장마는 아닐 겁니다, 스님."

동행자의 마음을 편하게 해주려고 한 의상의 말이 무색하게 빗방울이 굵어지고 있었다. 더 지체하다가는 등짐이 비에 젖게 생겼다. 옷이 젖는 거야 마르면 상관없지만, 책이 젖으면 큰 낭패가 아닐 수 없어서 원효가 제안했다.

"비를 피할 만한 자리를 찾아보세나."

"그래야겠습니다, 스님."

마음이 급해진 두 사람은 부지런히 걸었다.

날은 금세 깜깜해져서 주변이 먹빛으로 물들었다. 허방지방 헤매던 끝에 비를 피할 만한 곳을 발견했다. 얼핏 보아 동굴로 짐작되었다. 안으로 기어들어가서 등짐을 벗고 몸을 뉘었다. 벽에 발이 닿긴 했지만, 아쉬운 대로 쉴 수는 있었다. 여독이 쌓인 두 사람은 금방 잠이 들었다.

원효는 심한 갈증이 일어서 눈을 떴다. 그런데 마침 머리맡에 물이 있어서 단숨에 마셔버리고는 이내 잠 속으로 들어갔다.

새벽이 되어서 잠이 깬 원효는 뭔가 좀 이상하다 싶었다. 동굴이라고 생각했는데, 동굴이 아니고 묘 일부가 무너진 거였다. 움푹 파인 곳은 아마도 시체가 묻혔던 자리일 것이었다. 세월이 가면서 묘자리에 나무뿌리가 생기고 그 위에 흙이 덮여서 동굴 모양이 되었던 것이 확실해 보였다.

'그럼 간밤에 내가 마신 물은?'

구토가 나오려고 했다.

한 생각이 꼿꼿이 일어섰다.

'지난밤에 마신 그 물은 갈증 해소에 도움이 되었는데, 그 물이 어떤 물인지를 알고 나니 욕지기가 나는구나……. 변한 건 아무것도 없는데…….'

"변한 건 아무것도 없는데."

주문을 외우듯이 이렇게 읊조리자, 언제 그랬냐 싶게 메스꺼움이 가라앉았다.

비가 쏟아졌다.

천둥번개가 치고 비는 점점 세차게 퍼부었다.

날이 완전히 밝았지만, 오도 가도 못한 채 붙들려 있다가 그곳에서 또 하룻밤을 묵게 되었다. 원효는 쉽게 잠이 오지 않았다. 송장 썩는 냄새가 나는 것 같고, 이상한 소리도 들리는 것만 같았다. 냄새와 소리는 점점 더 심해졌고 급기야 귀신의 눈동자들이 여기저기에서 번뜩거렸다. 현재 벌어지는 상황이 실제 일어나는 것인지, 아니면 귀신의 농간으로 원효 자신만 당하는 것인지 분간이 서지 않았다. 의상은 태평하게 잠들어 있었고 야속하게도 시간은 더디 흘렀다.

자리도 옹색하고 잠은 오지 않고 불편하기 이를 데 없는데 날이 밝으려면 좀 더 기다려야 했다. 원효는 일어나 가부좌를 틀었다. 차분하게 마음을 정리하면서 속으로 게송을 외웠다. 심신이 좀 진정되었다. 평상심을 회복했고, 머릿속이 명경처럼 맑고 투명해졌다.

간밤에 겪어낸 일들을 차분히 정리해보았다.

어젯밤에는 의심 없는 맑은 마음이었던 것이, 오늘 밤에는 두려움으로 오염되다니, 맑음과 탁함, 그 상반된 대립이 내 한마음에서 일어났구나.

"마음이 일어나면 갖가지 법이 일어나고, 마음이 사라지면 동굴과 무덤이 둘이 아니구나!"

이렇게 말하고 나니 진언처럼 '일심(一心)' 두 글자가 선연하게 허공에 그려졌다.

신묘한 일이 아닐 수 없도다!

원효는 중요한 의식이라도 치르듯이 고개를 크게 세 번 끄덕였다. 육체를 탈피한 것 같은 기분이 들었다. 여리고 미약한 육신이 굳기 전에 맑고 향기로운 영양분을 공급해주어야 하겠기에 열심히 게송을 외웠다. 몸이 새털처럼 가벼워졌다.

현상계의 어둠도 한 겹 물러나고 있었다. 도량석을 할 시간이었다.

목탁을 들고 동굴 밖으로 나갔다. 목탁을 치며 주문을 외웠다. 지옥에서 고통을 받는, 무명에 갇힌 중생들에게 부처의 위신력과 극락세계의 장엄함을 설하고 만물이 왕생극락하기를 비는 원효의 발원이 장항성에 그득하게 울려 퍼졌다. 귀 밝고 부지런한 새들이 먼저 일어나고 뱀들도 개미들도 풀꽃들도 이슬을 털며 일어날 것이었다. 당항성 포구에 머물러 있던 어둠이 뒷걸음질 치며 물러났다. 멀리 산들이 성큼 눈앞으로 다가왔고 군데군데 박혀 있는 바위들도 제 모습을 드러냈다. 나뭇잎과 꽃들도 말간 얼굴로 이방인을 바라보았다. 어둠이 완전히 물러난 것이었다.

창공으로 날아가는 갈매기의 날갯짓을 무심하게 바라보는데, 의상이 다가왔다.

"항해하기에 더없이 좋은 날씨입니다. 스님."

의상의 목소리는 밝고 차분했다. 원효는 갈매기를 좇던 눈길을 거두지 않고 조용히 입을 열었다.

"삼계가 오직 마음이요, 만법은 오직 인식일 뿐인 것을, 마음 안에 법이 있는데 어찌 따로 구할 것이 있을까!"

의상이 의구심이 이는 낯빛으로 원효를 바라보았다.

"당에 있는 것이, 신라에는 없을꼬!"

의상이 아, 하고 짧은 탄성을 뱉었다.

아주 천천히 고개를 끄덕이면서 생각하던 의상이 물었다.

"당나라에 진리가 있다면 그것이 왜 신라에는 없겠느냐, 그런 뜻이지요, 스님?"

원효는 잔잔한 미소로 대답을 대신했다.

길동무를 잃은 의상은 섭섭한 내색을 애써 감추며 하직 인사를 하고 당나라로 가는 배에 올랐다.

당항성에 남은 원효는 숨 고르기를 하듯이 지난날을 회고해보았다.

아명이 '서당'이었던 시절의 그는 예의 바르고 총명하다는 소리를 자주 들었다. 부모님을 기쁘게 해드리는 일을 궁리하던 끝에, 김유신 장군처럼 훌륭해지고 싶었다. 그러려면 우선 화랑에 입문해야 했다.

화랑은 출중한 무예의 실력과 빼어난 신체조건을 갖춘 신라 제일의 낭도들이 삼국의 통일을 이루려는 일념으로 모인 집단이었다.

원효는 화랑이 되었다.

글공부는 기본이요, 말 타고 활 쏘고 무예를 익히는 군사훈련을 했다. 노나라의 성현 공자는 말타기와 활쏘기 등이 상당한 수준이었고, 당나라의 시선 이백과 두보도 검술에 능했다는 이야기를 낭도에게서 들었다.

신라는 전쟁 중이었으므로 화랑인 원효도 전투에 참여해야 했다. 죽고 죽이는 나날이 이어졌다. 친하게 지내던 동료가 적의 화살을 맞고 급사했다. 불과 몇 시간 전에, 무운을 빌며 서로의 어깨를 두드려주던 동료여서 원효는 죽음이 아주 사실적으로 다가왔다. 충격에 휩싸인 채, 동료의 주검을 등에 지고 전장을 빠져나왔다.

그 얼마 전의 일이 떠올랐다. 동료들과 사냥을 나간 일이 있었다. 그날 무리 중 누군가가 쏜 화살에 어린 사슴이 맞았는데, 어미는 도망가지 않고 새끼 옆에 앉아서 눈물을 흘리고 있었다. 그 일이 원효의 머릿속을 어지럽혔다.

나라에 충성하고 이름을 떨친다는 것이 이념에 불과하지 않은가,

죽음은 무엇이고 삶은 또 무엇이란 말인가!

이렇게 회의하던 끝에 원효는 결국 무사의 옷을 벗기로 결단을 내렸다.

부모님의 묘소에 찾아갔다. 그곳에서 며칠을 묵고 나니 마음의 주름이 좀 펴졌다.

앞으로 어떻게 살지 그것이 문제로 남았다.

'부모 잃고 스승도 없는 나는 삶의 방향을 누구에게 물어야 하나……!'

팔을 베고 누워서 하늘을 보았다. 하늘에는 흰 구름이 무심한 듯 한쪽 방향으로 흘러가고 있었다. 황룡사 쪽이었다. 어머니를 여의고 슬픈 시간을 보내던 시절 아버지의 손에 이끌려 찾아갔던 황룡사. 뜻 모를 염불 소리를 들으며 아버지를 따라 부처님께 절을 하다 보니 마음에 고여 있던 슬픔이 몸 밖으로 빠져나갔다. 아버지마저 돌아가시고 외톨이가 되었을 때 혼자 찾아가 부모님의 극락왕생을 빌던 황룡사. 원효는 그곳으로 가기 위해 몸을 일으켰다.

황룡사에 찾아가서 부처님께 예를 올렸다. 그 순간 어린 사슴이 눈에 어른거렸고 채 식지 않았던 동료의 체온이 기억났다. 그 죽음들의 극락왕생을 빌면서 절을 올렸다. 전장에서는 말할 것도 없고 알게 모르게 쌓은 악업을 씻으려면 몇 날 몇 밤을 빌어도 모자랄 것 같았다. 정강이가 뻐근하고 숨이 차도록 계속 절을 했다. 몸은 무척 힘든데도 정신은 점점 편안해졌다. 그동안 정처를 잃었던 마음이 제자리를 찾은 듯 지극히 평온해졌다. 지금까지 경험해보지 않던 평온이었다.

'아, 이건가 보다, 내가 가야 할 길이!'

원효는 출가하기로 결심을 굳혔다.

사미승이 되어 계를 받고 '원효'라는 법명을 받았다. 원효는 '으뜸가는 진리'라는 의미였다.

절 생활이 너무 고달프고 막막했다. 사문에 입문하는 승려에게 길잡이가 될 안내서나 지침서가 있으면 도움이 될 텐데 싶었으나 그런 요목을 갖춘 책은 없었다. 단단한 껍질이 마모되어가는 시간의 흐름 속에서 차츰 불경의 진리에 눈이 뜨였다. 불경의 진리는 참으로 위대하다는 것을 깨달으면서 소중한 사람들에게도 전파하고 싶어졌다. 어릴 적 살던 집터에 절을 세웠다. 고향 사람들이 불교 신자가 될 터전을 마련한 후, 원효 자신은 더 많은 진리를 탐구하고자 분황사로 거처를 옮겼다.

분황사에는 도가 높은 스님들이 있었으며, 다른 사찰에 계신 스님들도 자주 찾아오곤 했다. 또한 당 유학파들이 가져온 서적이 많이 소장된 데에 원효는 놀라고 흥분되었다. 이제 절 생활은 몸에 배었으므로 갈등 없이 불교 공부에 열중했다. 공부에 몰입하는 시간은 원효에게 지극한 즐거움을 안겨주었고 지식이 쌓여갔다. 쌓인 지식을 체계적으로 정리하면 좋겠다 싶어졌다.

원효는 자기가 겪은 일들을 일목요연하게 정리해 나갔다. 지나고 보면 별일 아니지만, 절에 들어와서 겪었던, 당시에는 너무 힘들어서 좌절할 뻔했던 일화들이었다. 사문에 입문하는 초심자들을 위한,

일테면 실용서를 쓰기로 했다.

그 내용은 대략 이러하다.

마음속의 애욕을 떨쳐버린 이를 사문(沙門)이라 하고, 세속을 그리워하지 않는 것을 출가(出家)라 한다. 수행하는 자가 비단을 걸친 것은 개가 코끼리 가죽을 덮어쓴 격이며, 도를 닦는 이가 애욕을 품는 것은 고슴도치가 쥐구멍에 들어간 격이다. 비록 부지런히 수행하더라도 지혜가 없는 자는 동쪽으로 가고자 하면서 서쪽을 향해 나아가는 것과 같다. 지혜가 있는 사람의 수행은 쌀로 밥을 짓는 것과 같으며, 지혜가 없는 사람의 수행은 모래로 밥을 짓는 것과 같다. 행과 지혜는 마치 수레의 두 바퀴와 같으며 자기를 이롭게 하고 나아가 다른 이를 이롭게 하는 것은 마치 새의 양쪽 날개와 같다. 절하는 동안 무릎이 얼음같이 시리더라도 불기운을 그리워하는 마음이 없어야 하며, 주린 창자가 끊어지더라도 음식을 구하는 마음이 없어야 한다. 죽을 얻고서 축원하면서도 그 뜻을 이해하지 못한다면 자비심으로 조건 없이 양식을 베풀어준 단월에게 수치스러운 일이다. 세간의 시끄러움을 버리고 천상으로 오르는 데는 계행(戒行)이 훌륭한 사다리이다.

원효는 찬술하는 동안 발심이 다져지는 경험을 했다.

내용을 정리해서, 사언절구 형식으로 총 706자를 적어서 제목을 『발심수행장』이라 지었다.

책을 완성한 후, 한 권을 챙겨서 머리맡에 두고 무시로 펼쳐 들게 되었고, 먼 데 갈 때도 친구처럼 동반하곤 했다.

원효는 점점 새로운 학문에 호기심이 생겼고 도반 중에서도 그런 성향을 지닌 사람과 자연스레 가까워졌는데 그중 한 명이 의상이었다. 의상은 법문에 대한 탐구심이 강하고 구법을 위한 길이라면 그곳이 비록 적국일지라도 시도하는 열정이 있었으므로 원효는 그와 함께하곤 했다. 언제나 의상이 앞장섰다. 보덕대사의 법문을 들으러 간 적이 있었는데 그때도 의상이 그 일을 먼저 추진해서 이뤄졌다. 보덕대사는 본디 고구려 사람이었는데, 연개소문의 억불 정책을 피해서 백제로 넘어왔다고 했다. 신라인인 원효와 의상은 고구려 사람인 보덕대사를 만나러 백제로 가기로 한 것이었다.

가서 보니, 이미 각처에서 모여든 구법승들로 초만원을 이루고 있었다.

보덕대사의 법문은 각성을 일깨워주는 알맹이가 있어서 원효는 정신을 바짝 차리고 들었다. 설법이 끝나고 나자, 귀 밝은 구법승들이 앞다투어 질문했다. 문밖에서는 삼국이 이권을 다투느라 치열한 전쟁을 치르는 중이었다. 보덕대사와 거기 모인 구법승들은 국제 정세나 시간의 흐름 따위는 아랑곳하지 않고 각자의 견해를 피력하는 데만 온 정신을 쏟았다.

보덕대사에게 어떤 자세로 구도자의 길을 걷고 있는지 원효가 질문했다.

보덕의 대답은 이러했다.

상구보리 하화중생 자리이타(上求菩提 下化衆生 自利利他), 즉 위로는 깨달음을 구하고, 아래로는 중생을 교화하고, 자신을 위해서뿐만 아니라, 남을 위해서 불도를 닦을 것.

이것은 일찍이 유마거사가 했던 말이긴 했다. 그러나 보덕이 경전 속에 갇혀 있던 그 문장을 살아 움직이게 날개를 달아주는 것 같았다.

보덕의 강설을 듣고 돌아온 원효는 『유마경』에 풀이말을 달아서 책을 간행했다. 중생에게 병이 있는 한 나에게도 병이 있고, 그들이 나으면 나도 낫는다. 보살의 병은 자비로 치유된다, 는 의미가 담긴 책이다.

사문에 들었지만, 딱히 스승이 없던 원효는 당나라 국자감에 파견하였던 견당 유학생들을 통해서 그쪽 환경에 대해 많은 정보를 들었다.

스물일곱의 나이에 화엄경의 주석서인 『수현기』를 지은 지엄스님은 화엄종의 일가를 이루고 있으면서도 세속의 영화에 담을 쌓고 오로지 자신의 수행에 힘쓰며 몇몇 제자들을 성심껏 가르치고 있다. 그리고 인도의 나란다 사원에 들어가 현지의 고승 밑에서 불교 연구에 힘쓴 현장 법사는 많은 경전을 가지고 당나라에 돌아와서 경전을 한역하고 있다.

이런 정보를 입수한 원효는 당나라에 한 번은 다녀오리라, 벼르던 중에 의상의 제안을 받아서 함께 유학길에 오른 적이 있었다.

압록강 쪽으로 해서 요동으로 갔다가, 고구려의 순라군에게 정탐자로 오인당하여 옥에 갇혔다가 풀려나서 당 유학을 중도 포기했었다. 십여 년이 흐르고 그동안 국제 정세가 변해서 백제 땅이었던 당항성이 신라 땅이 되었으므로 그쪽으로 길을 잡았던 것이었다.

　의상이 당으로 떠나고, 원효는 머물고 있던 분황사로 갔다.
　원점으로 돌아오긴 했지만 한바탕 회오리바람을 일으키며 넋이 나간 경험을 한 뒤이므로 원효는 자신의 마음을 새롭게 닦는 데에 힘썼다. 몸과 정신을 닦고 나니 심신이 명경처럼 맑아졌으며 의욕이 샘물처럼 솟아올랐다.
　그동안 충분히 읽어둔 책을 펼쳤다. 『대승기신론』에 소를 달아서 『대승기신론소』를 찬술했다.
　대승이란 곧 마음이고 기신론은 믿음이다. 마음이 대승불교의 믿음을 일으키는 원동력이자 뿌리이다. 모든 대승 경론들을 뚫어 꿰는 하나의 원리는 일심(一心)이다. 이때의 '일(一)'은 오직 하나이며, 동시에 전체를 의미한다.
　원효는 『화엄경』에도 주석을 달아 『화엄경소』를 찬술했다. 화엄경은 석가모니 부처가 성도한 깨달음의 내용을 그대로 설법한 경문으로, 부처의 만행(萬行) 만덕(萬德)을 칭양한 글이다.
　원효가 찬술한 책이 세상에 퍼지자, 원효에게 강설을 요청하는 주문이 쇄도했다.
　원효는 불교의 대중화를 위해서 분황사에서 한 달에 한 번씩 부처님의 진리를 강설하기로 했다. 각처에서 대중이 모여들었는데, 무열왕의 둘째 딸인 요석공주도 그곳에 있었다. 사람들은 그가 공주라는 걸 알아보았고 원효도 그랬다.

원효가 단상에 올라서자, 요석공주는 두 손을 모았다.

옛날, 어느 나라에 부처님이 되리라는 큰 서원을 세운 왕이 살았다. 그런데 어느 날 비둘기 한 마리가 비명을 지르면서 왕의 품속으로 날아들었다. 왕이 품속을 여미면서 주위를 살펴보니, 매 한 마리가 나뭇가지에 앉아 비둘기를 노려보고 있었다. "나는 부처가 되려고 서원을 세울 때 모든 중생은 다 구호하겠다고 결심하였다."고 왕이 점잖게 말했다. 그러자 매가, 왜 내 저녁거리를 착취하느냐, 나도 중생인데 왜 나에게는 자비를 베풀지 않느냐고 항의했고 비둘기가 바들바들 떨었다. 왕은 차마 그 여린 비둘기를 매에게 줄 수도 없고, 그렇다고 배고프다는 매의 청을 거절할 수도 없었다. 왕은 용기를 내어 자신의 다리 살을 베어서 매에게 주었다. 그런데 매는 비둘기와 똑같은 무게의 살덩이를 요구했다. 왕은 한쪽 다리의 살을 더 베어서 달았지만 그래도 부족했다. 발목과 엉덩이 살도 베어 달게 했으나 이상하게도 비둘기의 무게보다 가볍기만 했다. 마침내 자비가 뭔지를 깨달은 왕은 자신이 저울 위에 올라섰다. 그때야 비둘기와 균형을 이루게 되었다.

"고해에 빠진 중생을 구하기 위해 내 살을 베어서 나누어주었다. 그렇게 나는 부처님이 되겠다는 서원을 지키게 되었으니 기쁘도다!" 이렇게 외치는 순간 신기하게도 왕의 몸은 본래대로 회복되었더라.

원효의 강설이 끝을 맺자, 우레와 같은 박수 소리가 났다.

원효가 단상을 내려오자, 요석공주가 다가와 신분을 밝히며 정중히 인사했다. 기회가 있으면 요석궁에도 와서 법문을 해달라고 요청

했지만, 원효는 대답하지 않은 채 자기 처소로 돌아왔다.

그 뒤 원효는 공부에 매진하느라 한동안 법회를 열지 않았고 요석공주의 이야기가 세인의 입에 회자되었다.

무열왕의 둘째 딸인 요석공주는 화랑 김모라는 사람과 결혼했는데, 그 김모가 전사했다. 과부가 된 요석공주를 위해 무열왕은 요석궁을 지어주었다. 부처님께 마음을 의탁하고 지내던 어느 날, 원효의 강설을 들은 뒤부터 부쩍 불교에 심취하게 되었다. 그런데 그것은 표면적인 이유이고 요석공주는 원효를 깊이 사모하게 되었다. 그래서 분황사에 찾아갔지만, 원효가 더 이상 법회를 열지 않아서 요석은 상사병이 나고 말았다.

이런 이야기가 원효의 귀에까지 들려왔다.

그러나 원효는 불가에 귀의한 몸일뿐더러 수행하기에도 시간이 모자랐으므로 풍문에 괘념치 않고 촌음을 아껴가며 공부에 열중했다. 책을 집필한 사상가의 관점과 논점이 환하게 보이기 시작하면서부터 자고로, 아는 만큼 보인다는 이치를 터득하게 되었다. 무릎을 칠 정도로 탁월한 식견에 감탄했지만 더러는 모호하고 난해한 부분도 보였다. 문장이나 논조 때문일 때도 있었고 그 자신의 공부가 아직 미천해서일 때도 있었다. 원효는 그렇게 막힐 때면 혜공스님을 찾아갔다.

혜공스님이 계신 절은 황사사였다. 그러나 스님은 절에 있을 때보다 술에 취해서 길거리에서 헤매고 다닐 적이 더 많았다. 거리에서 아무하고나 어울리며 노래하고 춤을 추면서 염불을 외울 때도 있는데 그럴 때면 원효도 그 판에 끼어서 함께 어울렸다. 공부하느라 옥죄었던 정신을 이완하고 웅크렸던 육체도 풀어주었다. 주인 된 도리로 육신에게도 보시를 하지 않았다는, 그동안 몸을 함부로 방치했다는 자각이 일었다. 원효는 자주 혜공스님을 찾아서 함께 춤추고 노래 불렀다. 어울리는 사람은 각양각색이었지만 그 순간만큼은 한 호흡으로 뭉쳐서 일심으로 춤추고 노래 불렀다. 혜공스님을 정신 나간 미치광이라고 했고 원효도 슬슬 미쳐가는 중이라고 사람들이 수군거렸다.

그때 원효의 머릿속에 어떤 글귀가 떠올랐다.

진속일여(眞俗一如) 염정불이(染淨不二), 즉 진과 속이 별개의 것이 아니며 더러움과 깨끗함이 둘이 아니다. 깨달음의 세계에 이른 자는 아직 염오한 단계에 있는 중생을 이끌어가야 한다.

어느 여름날, 황사사에 갔을 때의 일이다.

계곡에서 물고기와 새우를 잡아먹고 나자 변의가 느껴졌다. 혜공도 그랬는지 거침없이 바지를 내리고 대변을 보았고 원효도 그랬다. 그러자 변은 보이지 않고 물고기 두 마리가 헤엄을 치더니, 한 마리는 위로 올라갔고 다른 한 마리는 물결 따라 아래로 내려갔다.

혜공이 장난기 어린 목소리로 지껄였다.

"저것은 내 물고기이고 저것은 네 똥이다."

원효는 혜공의 말을 헤아려보았다. 그 말인즉, "원효는 똥을 누었고 혜공은 고기를 누었다."로 풀이가 되었다.

똥을 물고기로 만드는 혜공의 높은 도력에 원효는 정신이 어질어

질해졌다.

이후부터 '여시오어(如是吾魚)'라는 의미로 사람들이 항사사를 오어사(吾魚寺)라고 부르기 시작했다.

바야흐로 꽃피는 춘삼월 어느 날 원효는 봄 신령이 지핀 듯 괜스레 들뜨고 객쩍은 흥분이 일어났다. 아직도 시들지 않은 몸에 춘희가 동한 듯 좀이 쑤셔서 남산으로 봄 구경을 하러 나갔다.

그런데 난데없이 혜공스님이 홀연히 나타났다. 도력을 부리지 않고서야 어떻게 이렇게 귀신처럼 짠, 하고 나타날 수가 있나 싶었다.

"대중의 고통을 감싸주는 것이 부처님의 진리거늘 쯧쯧……."

혜공스님은 그렇게 선문답 같은 소리를 하고는 홀연 사라져버렸다. 원효는 이게 꿈인가 하면서 눈을 비비고 다시 보아도 혜공스님의 실체는 온데간데없었다. 원효가 정신을 차리고 보니 이번에는 화려한 궁이 눈에 잡혔다. 요석궁이었다.

그때 요석궁 쪽에서 관속으로 보이는 웬 사내가 원효를 보고 합장하며 다가오고 있었다.

원효는 수인사라도 나누듯이 합장하고는 농조로 말했다.

"누가 자루 없는 도끼를 내게 빌려주겠는가? 내가 하늘 떠받칠 기둥을 깎으리……."

고개를 갸웃하는 그 사내를 뒤로하고 원효는 남산에서 내려왔다.

문천교에 다다랐을 때, 상큼한 봄바람이 한 줄기 불어왔고 나뭇잎이 날개 달린 새처럼 팔랑거리며 다리 아래로 떨어졌다. 냇물에 실려서 살랑살랑 흔들거리며 시야에서 멀어지는 낙엽을 바라보다가 원효는 그만 발을 헛디뎌 물에 빠졌다. 원효가 젖은 옷을 쥐어짜고 있는데 멀리서 어떤 사람이 "스님, 스님!" 하고 부르며 다가왔다. 아까 그 사내였다. 원효는 사내의 안내를 받으며 따라갔는데 바로 요석궁이었다. 옷을 갈아입고 음식을 대접받고 나자 요석공주가 나타났다. 반가움과 원망의 빛이 어린 요석의 눈에 그렁그렁 차오르는 눈물을 보자 원효의 마음이 무너지고 말았다. 그곳에서 요석공주와 함께 꿈같은 시간을 보내면서 아들까지 낳았다. 아들의 이름을 설총이라 지었다. 원효의 속가의 성을 따른 것이다.

어느 날 문득 정신을 차리고 보니, 원효는 설총의 아버지이자 요석공주의 지아비가 되어 있는 자신을 발견하게 되었다.

'이게 아닌데, 이건 아닌데…….'

자기 마음속에서 꾸짖는 소리를 들은 원효는 요석궁을 나와서 다시 사찰로 들어갔다.

신라에서는 불교를 국교로 숭앙했으므로 승려 대부분이 왕실과 귀족들의 존경을 받으면서 성내의 대사원에서 귀족 생활을 했다. 궁에서는 백 명의 고승을 초청하여 백고좌강회(百高座講會) 등을 열어서 만민이 안락하고 국토가 안온하기를 축원하였다. 국왕도 배석하는 아주 뜻깊은 자리였는데 원효는 배제되었다. 기득권을 가진 승려들이, 원효가 제멋대로 행동하고 다닌다는 것을 문제 삼아서 배척한 것이었다.

어느 날, 왕후의 몸에 종기가 났는데 국가 차원에서 고승을 불러다 불공도 드리고 약을 처방했지만, 왕후의 병은 날로 심해졌다. 왕은 좋은 약과 의술에 능한 사람을 구해 오라고 당나라로 사신을 보냈다. 사신 일행이 바다 한가운데 이르자 바닷물 속에서 한 노인이 나타나더니 사신 일행을 용궁으로 안내했다. 금해(鈐海)라는 용왕이 말하기를 "경들 나라의 왕비는 바로 청제(靑帝)의 셋째 공주요. 우리 용궁에는 일찍부터 『금강삼매경』이라는 불경이 전해 오는데 시각(始覺)과 본각(本覺)으로 되어 있으며, 보살을 설명하여주는 불경이오. 신라 왕비와 좋은 인연을 생각해서, 이 불경을 널리 알리고자 당신들을 부른 것이오."라고 하면서 목간 묶음을 내놓았다. 유실을 염려한 용왕은 사신의 허벅다리를 갈라 직접 그 안에 경전을 넣은 다음 납 종이로 동여매고 약을 발라주었다. 궁에 돌아온 사신 일행은 이 일을 임금에게 보고했다.

임금은 고승들을 불러서 경전의 풀이를 맡겼으나 아무도 푸는 자가 없었다. 원효와도 친분이 있던 대안스님이 불려 가서 경전을 배열했다. 모두 부처님의 뜻에 합치하였다. 그것을 쉽게 주석을 달아서 대중에게 강설할 일이 남았는데 대안은 그 일을 원효만이 할 수 있다고 임금에게 권고했다.

대안의 말을 들은 임금은 사신에게 경전을 들려서 원효에게 보냈다. 그 경전을 훑어본 원효는 사신에게 말했다.

"이 경전은 시각과 본각의 두 깨달음을 근본으로 하고 있으니, 소가 끄는 수레를 준비해서 소의 두 뿔 사이에 책상을 놓고 지필묵을 비치해주시오."

원효는 사신이 준비한 수레를 타고 앉아 궁으로 가면서 다섯 권의 주석서를 지었다.

왕과 왕실의 승려들 그리고 신라의 이름 좀 있다는 고승들이 모두 모여 기다리고 있었다. 이들은 원효의 주석서를 보고 찬탄을 금치 못했고 왕은 즉시 법회를 열 것과 원효에게 이 경전을 설법할 것을 명했다.

스스로 고승이라고 자처하며 왕실에서 기거하는 승려들을 보며 원효는 지나가는 말처럼 한마디 던졌다.

"지난날 나라에서 백 개의 서까래를 구할 때는 낄 수도 없더니 오늘 단 한 개의 대들보를 가로지르는 마당에서는 나 혼자 그 일을 하는구나!"

고승들 모두가 원효의 일갈을 들었지만 반박하는 승려는 한 사람도 없었다.

법회는 황룡사에서 진행되었다. 왕과 왕비는 물론이고 신하와 승려 그리고 대중이 구름같이 몰려들었다.

원효는 중관 불교의 공(空) 사상과 유식 불교의 유식 사상과 화엄의 삼계유심(三界唯心) 사상에 대해서 간략하게 포문을 열고 나서 문제의 『금강삼매경론』을 법했다. 『금강삼매경』의 가치가 현양되고 그 진의가 대중에게 전해졌다. 그의 강설은 흐르는 물처럼 도도하고 질서정연하였고, 오만하게 앉아 있던 고승들의 입에서 찬양하는 소리가 저절로 흘러나왔다.

왕비의 병은 씻은 듯이 나았고 이제 원효의 위상은 한 차원 높아졌다.

신라의 불교는 여전히 종파주의적인 방향으로 흐르고 있었다.

쟁론(諍論)은 집착에서 생긴다. 유견(有見)은 공견(空見)과 다르고 공집(空執)은 유집(有執)과 다르다고 주장할 때 논쟁이 생기는데, 그렇다고 하여 이들을 같다고만 하면 자기 속에서 서로 쟁(諍)할 것이다. 그러므로 이(異)도 아니요. 동(同)도 아니다. 또한 백가(百家)의 설이 옳지 않음이 없고 팔만법문(八萬法門)이 모두 이치에 맞는다. 그런데 소견이 좁은 사람은 자기의 견해에 찬동하는 자는 옳고, 견해를 달리하는 자는 그르다고 하니, 이것은 마치 갈대 구멍으로 하늘을 본 자가 그 갈대 구멍으로 하늘을 보지 않은 사람들을 보고 모두 하늘을 보지 못한 자라 함과 같다고 하는 것과 무엇이 다른가. 즉, '말은 다르지만, 뜻은 같다.'

원효는 위와 같은 근거를 바탕으로 하여 화합하는 길을 모색했다. 불교의 여러 이론을 십 문으로 분류한 다음 한데 묶어서『십문화쟁론(十門和諍論)』을 찬술했다.

그동안 원효가 지은 책은 신라는 물론이고 국외로까지 퍼져 나갔다. 불교계에서도 원효대사가 신라 불교의 통합을 이뤄냈으며 불교를 대중화했다고 평하기 시작했다.

그러던 어느 날 문득 원효는 누구를 위해서, 무엇을 위해서 책을 쓰고 있나, 하는 자성의 목소리를 들었다. 마음에 병이 드니 몸도 병이 났다.

'일체무애인(一切無碍人) 일도출생사(一道出生死)'

'모든 것에 장애가 없고 거리낌이 없는 사람이라야 한길로 생사의

고통에서 벗어난다.'

원효는 승복을 벗어버리고 속세로 나왔다.

여염집에서도 묵고 명산대천을 찾아 좌선도 하면서 걸림 없는 생활을 이어가던 원효는 어느 날 한 광대가 큰 표주박을 가지고 춤추는 걸 보게 되었다. 기이할 정도로 큰 표주박을 두드리면서 신명 나게 춤추고 노래하는데 사람들이 꿀단지에 파리 꼬이듯이 모여들었다. 광대와 그 주변에 모인 사람들의 얼굴에는 함박꽃처럼 환한 웃음꽃이 피었고 몸에는 흥이 넘쳐났다. 원효는 자신도 모르게 몸이 들썩거려서 그 판에 끼어 한바탕 놀아 제쳤다. 온몸이 땀으로 흠씬 젖도록 놀고 나니 육신이 개운해졌다.

번뇌의 얽매임과 미혹의 괴로움에서 벗어나는 일을 두고 해탈이라고 한다면 그때 원효가 느낀 감정은 해탈이었다.

거기 모인 사람들의 면면이 눈에 들어왔다. 그들의 행색은 하나같이 누추했고 개중에는 몸이 성치 않아 보이는 이도 있었지만, 춤추고 노래하며 스스로 흥을 만들어냈다.

저들이 더 행복해질 수 있도록 기왕이면 불교의 이치를 노래로 지어 세상에 유포해야겠구나! 이제부터 내 이름은 원효(元曉)가 아니라 소성거사(小性居士)다. '으뜸가는 진리'가 아니라, 그냥 불교를 믿는 하찮은 자로 돌아가겠다!

원효는 광대에게 받아달라고 넙죽 절을 했고 그 광대도 원효에게 맞절했다. 주변 사람들도 모두 광대를 따라 원효에게 절을 했다. 광대의 우두머리가 표주박을 원효에게 건넸고 원효는 자연스럽게 광대의 우두머리가 되었다.

광대들은 원효에게 여러 색깔로 엮은 머리띠와 새의 깃털을 선물로 주었다. 광대처럼 치장한 원효는 표주박에 '일체무애인(一切無碍人) 일도출생사(一道出生死)'라고 썼다. 화엄경에서 따온 말이며 노래로 부를 땐 무애가(無碍歌)가 된다.

원효가 거리로 나서서 표주박을 두드리며 고했다.

"나는 소성거사다!"

모인 사람들이 제를 올리듯이 일제히 엎드리며 읊었다.

"소성거사니임, 절 받으소서!"

"모든 것에 거리낌이 없을 때 생사의 편안함을 얻나니……!"

원효의 선창에 맞춰서 광대들도 따라 했다.

"더럽고 깨끗함이 둘이 아니고, 성(聖)과 속(俗)을 일심으로 아우르는 것이 곧 본각이다, 나무아미타불, 나무아미타불, 나무아미타불!"

원효의 진언을 가만히 듣고 있던 대중이 '나무아미타불'을 복창했다.

원효는 삿갓을 쓰고 누더기를 걸치고 예의 그 표주박을 두드리며 지방의 촌락과 저잣거리의 뒷골목을 다니면서 나무아미타불을 외쳤다. 많은 사람이 그의 염불을 들으며 동화되어갔다. 때로는 석공들이 쇠칼과 쇠망치를 가지고 다니며 원효의 입에서 나오는 나무아미타불을 나무나 바위에 새기기도 했다.

춤을 추는 원효를 보고 동네 개들이 짖었고 개들의 소리를 듣고 동네 코흘리개들이 몰려나와서 원효의 꽁무니에 따라붙었다. 그 애들이 나무아미타불을 외치자 이번엔 노인들이 나와서, 그게 무슨 뜻이냐고 물었다.

"나무아미타불을 마음을 다해 열 번만 외우면 극락에 갈 수 있지요. 죽음의 문턱이라 해도 일념으로 부르면 극락 갈 수 있습니다."

원효의 대답을 들은 노인들도 나무아미타불을 외치며 노래하고 춤을 추었다.

원효가 가는 곳에는 항상 음주 가무가 벌어졌고 흥이 넘쳐났다. 평민은 물론이고 천민, 부랑자, 거지들이 상하 귀천을 따지지 않고 원효를 따랐다.

세월이 흐르는 동안 삼국을 통일한 신라는 평화로웠으며 부처님 말씀을 무애가로 부르는 원효는 한없는 자유와 행복을 느꼈다.

어느 날 아침 원효가 머무르던 이름 없는 혈사에 감로 운무가 내려 강당을 덮었다. 요석공주와 설총 생각이 났다. 그동안 요석공주와 설총 이야기를 간간이 풍문으로 들은 적이 있었다. 요석공주가 설총을 안고 분황사 부근 암자에 머물면서 조석으로 불공을 드린다는, 그래서 왕과 왕비가 딸과 손자를 보러 그 암자에 들른다는, 설총이 아주 영특하게 잘 크고 있다는 소식이 바람을 타고 원효에게 들려왔다. 한동안 뜸했는데, 이승을 하직하는 마지막 순간에 요석과 설총이 자신을 찾아왔구나, 하는 느낌이 들었다.

원효는 보살행으로서 민중 교화행을 마감할 때가 되었음을 알아

차리고 차분하게 죽음을 기다렸다. 지극히 편안한 마음으로 죽음을 맞이하였으니. 686년(신문왕 6년) 3월 30일의 일이었다.

기쁨과 슬픔의 관념을 통한 감정 서사

이덕화

김세인은 작품에서 감정 변화에 따른 신체 변화를 잘 드러내는 작가이다. 특히 「아모르파티」에서 이혼 전의 전전긍긍하던 모습과 이혼 후의 자유를 실감하는 부분의 감정 변화는 탁월한 묘사를 통해 독자로 하여금 감염되도록 쓰고 있다. 김세인의 작품에는 감정 변화를 적극적으로 하는 능동적인 인물이 많다. 또 이문구나 논개, 원효의 평전을 바탕으로 한 작품에서는 한 사람 한 사람의 삶을 유지해왔던 기조나 의식을 기반으로 그들의 특징적인 삶을 잘 드러내고 있다.

김세인의 작품을 스피노자의 코나투스 개념으로 살펴보려고 한다. 코나투스란 개인의 삶을 유지하는 데 필요한 에너지이다. 스피노자는 각기 만물은 신의 표현으로 드러난다며, 작품 속의 각기 인물들의 삶은 개성의 표현이지만 신의 표현이라고 했다. 신에게 무능력이나 부정이나 제한이 없듯이 만물도 오직 적극적이고 실제적인 능력의 측면에서 판단되어야 한다고 스피노자는 말한다. 작품들에서 코나투스가 어떻게 표현되는가, 즉 작품 속 인물들이 기쁨과 슬픔, 혹은 자신의 삶을 보존하기 위한 항심의 의지를 어떻게 표현하고 있는가 등을 중심으로 논하겠다.

1. 기쁨과 슬픔의 관념을 통한 감정의 변화

스피노자에 의하면 감정 즉 관념은 항상 신체의 현재적 상태만을 지시하는 것이 아니라 신체의 능력이 증가하면 기쁨이 나타나고, 신체의 능력이 감소하면 슬픔이 나타난다고 했다. 신체에 새겨진 '흔적'을 지시하는 관념이 상상적 이미지라면, 신체의 변화를 지시하는 관념은 감정이라는 것이다. 맛있는 음식을 먹어서 기분이 좋아질 때, 이때의 변화는 결핍감에서 충만감으로의 이행이 아니라 신체적 능력이 활성화되는 그런 상태로의 이행이고, 이를 기쁨이라고 말한다. 그리고 슬픔도 무언가의 부재나 결핍에 대한 감정이 아니라 신체적 능력이 감소되는 상태에 대한 관념일 뿐이라는 것이다.

김세인의 작품「아모르파티」나「진자의 반격」은 기쁨과 슬픔의 미학이 잘 드러난 작품이다.

「아모르파티」의 '나'는 식사 자리에서 밥그릇을 던져 이마를 일곱 바늘이나 꿰매야 할 정도로 폭력을 일삼는 남편을 '웬수'로 생각하며 이혼하기만을 간절히 원한다. 그러나 남편은 이혼을 하기로 합의하고도 차일피일 법원에 오는 것을 미루기만 한다.

이 작품에서는 '나'의 감정 변화를 이혼을 기다리며 전전긍긍하는 모습과, 이혼 후의 세상을 다 가진 듯한 홀가분한 기분을 대비적으로 잘 보여준다. 합의이혼을 마무리하기 위한 절차를 기다리는 중에도 사람 기척만 나도 남편일까 공포에 떨며 전전긍긍한다. 그런 반면 말끔하게 남편과의 이혼이 결정된 후의 행동은 정반대로 나타난다. 달달한 것이 먹고 싶어 호떡을 사서 지나가는 사람들에게까지 건네주며 권한다. 그 대가로 고추를 가방에 채워 돌아온다.

> 어제는 너무 피곤해서 곯아떨어졌다. 아주 오랜만에 꿈도 없이 단잠을 잤다. 기지개를 켜고 나서 휴대폰을 켜놓고 일어나 창문을 연다. 햇빛이 찬란하게 빛난다.
> "아, 좋다! 이제부터 난 자유다!" (57쪽)

위의 인용문은 이혼을 못 할까 봐 전전긍긍하던 '나'가 이혼한 후의 후련한 감정을 잘 보여주고 있다. 이후 '나'는 아파트 옥상에 숨어서 술담배를 하는 아이들을 보게 되는데, 그 아이들은 아무도 모르는 파티, '아모르파티'를 하고 있는 거라며 당당하다. 이는 혼자 된 자유를 갖게 된 '나'가 아무도 모르게 혼자라도 파티를 하고 싶은 심리의 등가물을 나타내고 있다.

이 작품은 '나'가 기쁨의 감정 상태에 있을 때는 신체의 능력이 활성화되면서 다른 사람과의 활발한 관계를 통해서 자신의 역량이 늘어남을 보여준다. 반면 남편과 이혼이 성립되기 전에는 신체가 위축되면서 우울한 상태이기 때문에, 자신이 둘러싼 상황 속에서 우울한 것만 보게 된다. 그렇게 되면 자신의 역량은 더 감소하게 된다.

「진자의 반격」도 위의 작품과 비슷한 구조를 보인다. 이 작품에서는 화자인 '나'가 이종사촌 동생 진자와 박 선생 사이에서 느끼는 미묘한 감정에 따라 감정의 굴곡이 확연하게 드러난다. '나'와 이종사촌은 어릴 때부터 고향에서 함께 자라왔으며 서로 도움을 주고받는 관계이면서 경쟁 관계에 있다. 박 선생을 사이에 둔 미묘한 감정 싸움과 경제적인 문제에서도 긴장감을 보여준다. '나'는 몇 살 어린 진자를 제치고 박 선생을 차지한 도취감에 취했지만, 박 선생이나 자신이 이제 성적 불능 상태의 나이라는 것에 쓸쓸함을 느끼는 반면, 아직도 자신의 삶을 개척하며 씩씩하게 살아가는 진자에게 열패감을 느낀다.

화자 '나'의 감정선은 박 선생과의 미묘한 관계 변화에 따라, 에피소드의 대부분이 박 선생과의 연애 서사로 채워져 있다. 박 선생과의 연애에 초점이 있는 것으로 착각할 수 있다. 그러나 진자의 삶에 초점이 있다는 것은 제목과 마지막 결론을 통해서 알 수 있다. 진자는 기분이 우울할 때마다 '발동기'를 돌리기 위해 즐겨 부르는 노래, 남편과의 사이가 좋지 않음에도 임종 후에 대처하는 모습 등에서, 자신의 삶을 개척해나가는 적극적인 모습을 보여준다. 그러나 박 선생과 '나'의 연애 에피소드가 전면화된 반면 '나'와 진자의 에피소드, 혹은 서사의 중심이 되는 진자의 삶은 후경화되어 있다.

'나'와 이종 동생 진자는 풍물반에서 만난 박 선생과 친하게 지내면서 박 선생을 사이에 둔 삼각관계이다. 진자 없이 박 선생과 데이트를 하게 된 '나'는 진자를 제친 기분과 청춘이 된 기분으로 하늘을 날 것 같다. 입었던 청바지를 벗고 성장을 하고 하이힐을 신고 박 선생과 둘만의 만남을 즐기러 간다. 맛없는 손두부에 기분이 상했지만, 분위기 좋은 카페에 갈 생각으로 마음이 들뜬다. 그러나 박 선생이 해 지기 전에 가자고 하자 그만 기분이 상한다.

나는 지친 발걸음을 떼어놓는다. 기분이 바닥으로 떨어져 뒹군다.
예순 살 먹은 여자는 여자도 아니란 건가? 마른 꽃은 꽃도 아닌 건가? 진자가 빠지고 나면 나를 여자로 대해줄 줄 알았더니만…….
시골 장터에 내놓인 강아지처럼 마음의 정처를 잃고 나는 서 있다. (100쪽)

위의 인용문처럼 '나'의 김정선은 잘 드러난다. 이에 비해 화자인 '나'가 전해주는 진자의 삶은 제3자의 시각으로만 서술되어 있다. 독자는 '나'가 전해주는 진자를 간접적으로만 느끼기 때문에 그만큼 감동이 적다.

'나'는 박 선생의 태도에 따라 신체 능력이 확대되기도 축소되기도 한다. 두 사람의 관계가 발전적으로 나갈 때는 신체가 활성화되어 충만함으로 가득한 데 비해, 관계가 하향적으로 지향할 때는 서글픔으로 신체가 위축되고 삶의 태도에 있어서도 역량이 축소된다. 반면 '진자'는 어려운 상황 속에서도 삶에 열정을 가지고 서글플 때도 발전기를 돌리며 신체를 활성화하여 역량을 키워나가는 인물이다.

2. 존재하는 모든 것들의 완전성에 대한 서사

스피노자는 자연에 존재하는 모든 것들은 존재하는 그대로 완전성을 부여받는다고 했다. 장애가 있든 없든, 곤충이든 인간이든, 그어느 것을 가리지 않고 만물은 완전하다. 거미는 거미로서 완전하고, 팔이 없는 사람은 팔이 없는 사람으로서 완전하고, 검은 피부의흑인은 검은 흑인으로서 완전하다고도 했다.[1]

「용사의 집」의 초점인물과 「명천, 이문구」의 초점인물 이문구는 전쟁과 이념의 희생자라는 점에서 불완전한 결핍을 가지고 있는 인물들이다. 그러나 「용사의 집」 화자가 바라보는 초점인물인 아버지는 완벽하다.

「용사의 집」에서 '나'의 아버지는 6·25전쟁에 나갔다가 팔에 관통상을 입어서 왼쪽 팔이 없다. 또 전장에서 죽은 범태 아버지도 전쟁 희생자이다. 이런 이유로 범태 오빠네와 '나'의 집에는 '용사의 집'이라는 나무 팻말이 붙어 있다.

아버지는 항상 집에 없다. 아버지 없는 집의 결핍은 화자 '나'가 운동회에서 무용할 때 사용해야 할 종다리를 준비하는 문제로 부각된다. '나'의 엄마는 미싱으로 옷을 만드는 것은 선수지만, 종다리는 만들지도 못하고 관심도 없다. 비록 한쪽 팔은 없지만 아버지의 등장으로 분

---

1   이수영, 『에티카, 자유와 긍정의 철학』, 오월의봄, 2017, 223쪽.

위기는 전환된다. '나'가 아버지 없는 결핍을 절실히 느끼는 것은 종다리를 만들어야 할 때와 잘 안 드는 칼을 갈아야 할 때이다. 언니가 아버지 대신 갈지만 항상 불안해 '나'는 그때마다 아버지의 존재에 대한 갈증을 느낀다.

> 나는 아버지를 별로 닮지 않았는데, 손은 아버지와 아주 똑같이 닮았다. 전체적인 생김새도 그렇지만 특이하게도 셋째와 넷째 손가락의 크기가 거의 비슷하게 생긴 게 그랬다. 그래서 나는 내 손이 가장 자랑스러웠다. 나는 무조건 아버지 편이다. 이 손이 거지 깡통을 든다고 해도 아버지와 함께라면 상관없다고 생각했다.(81쪽)

'나'는 김동인의 「발가락이 닮았다」에 나오는, 자신의 성불구를 감추기 위해 아기가 자신과 닮았음을 강조하려고 '발가락이 닮았다'는 억지 이유를 붙이는 주인공을 닮았다. 이 작품의 화자도 셋째와 넷째 손가락의 크기가 비슷하다는 것으로 불구의 아버지와의 친화력을 과장될 만큼 과시한다. 그럴 정도로 화자는 비록 팔 하나가 없는 아버지라도 자신에게는 완벽함으로 인식된다.

이 마을 사람들에게는 전쟁 후의 이념 대립이 찌꺼기처럼 남아 있지만, 화자의 집과 범태의 집을 중심으로 보자면, 범태의 아버지가 전장에서 돌아오지 못하자 두 집이 의지하며 한 가족처럼 지낸다. 아버지는 범태 할머니를 어머니라 부르며, 또 범태는 화자의 아버지를 아버지처럼 의지한다.

또 화자의 가족은 누구 하나 아버지의 장애를 장애라 여기지 않고, 아버지가 밖에서 낳아 온 것으로 알려진(사실은 월북한 큰아버지의 딸인 듯한) 언니도 차별 없이 따뜻하게 받아들이는, 완벽한 가족의 모습을 보여준다.

아버지가 집에 있을 동안에는 화자의 감정은 행복에 들떠 있는 종다리 새 같다. 아버지가 있는 집은 완벽한 천국이다.

"너는 예 앉아서 알밤이나 까먹구 있어. 아부지는 싸리낭구를 벼 올 테니까는. 한 군데 가만있어. 맨 이끼 천지여, 낙상하문 클라."

나는 고개를 끄덕였다.

밤송이를 벌려 알밤을 주머니에 넣을 때마다 아버지의 목소리를 흉내 냈다.

"어이쿠, 이건 우리 언니 거. 어이쿠, 이건 우리 애기 거."

"인애야아!"

"왜!"

아버지에게서는 아무런 대답이 없었다.

"난 한 군데 가만히 앉아 있을께, 걱정 마!"

"그려어!"

산속의 메아리가 '마마마', '어어어' 우리의 말을 흉내 냈고 어느 숲에선가 새들이 날아오르는 소리가 들렸다.

아버지가 싸리나무를 한 짐 지고 와서 내려놓았다.

"우와! 싸리나무 꽃다발이다!"

자홍의 싸리꽃이 너무나 아름다웠다. 그런데 그 위에 칡넝쿨로 묶은 산머루 세 송이가 얹혀 있었다.

"히히, 언니 거, 내 거, 엄마 거."

이렇게 말하며 한 알을 따서 입에 넣었다. 옴싹 진저리가 처지도록 시고 떫어서 퉤퉤 뱉어냈다.(83쪽)

위의 인용문에서도 화자가 언니를 차별하는 시선은 보이지 않는다. 엄마 역시 마찬가지이다. '나'의 운동화를 사 오고 언니의 족두리를 만들어주며 자매의 운동회를 차별 없이 준비해준다. 마을 바깥의 시선에 상처를 받을 수는 있어도, 그것이 가족끼리의 신뢰에 흠집을 내지 못한다.

저녁상이 들어왔다. 나는 새 운동화를 신은 채, 언니는 족두리를 쓴 채 밥을 먹었다. 우리를 바라보던 엄마와 아버지가 서로 마주 보며 클, 클 웃었고, 무 넣고 지진 자반고등어가 맛있어서 언니와 나도 낄낄 웃었다.(85쪽)

위의 인용문은 가족의 완벽한 화목을 보여준다. 어떤 장애를 가졌건 그것은 존재 자체의 완벽성에 흠집을 낼 수는 없다. 스피노자의 말대로 장애는 장애 자체로 그 존재가 완벽하기 때문이다. 화자의 가정에 한쪽 손이 없는 장애를 가진 아버지가 있든, 친자매가 아닌 언니가 있든 그것 자체가 존재를 무너뜨릴 수는 없다. 이 작품에서 잘 보이고 있지만, 부족한 집은 그 자체로, 장애를 가진 인간은 그 자체로 완벽한 존재이기 때문이다.

「명천, 이문구」 이 작품은 이문구 선생의 일대기를 전기를 바탕으로 쓴 작품이다. 어릴 때 아버지와 그 형제들은 6·25 때 학살당했다.

> 문구의 아버지는 초년에 군에서 서기를 지낸 이력으로 대서소를
> 운영했다. 그러다 보니 가게에 드나드는 사람들을 돕게 되었고 그들
> 의 청으로 참여한 농민운동이 사회주의 운동으로 발전하게 되었다.
> '무산계급의 옹호와 인민의 사회적인 위치를 쟁취한다.'라고 구호를
> 외치며 장날이면 쇠전이나 싸전 마당에서 강연도 했다. 해방을 맞으
> 면서 남로당에 가담하여 군 총책을 맡아 서해안 일대 여러 군의 지
> 하조직을 관리했다. 6·25가 발발하자 문구의 아버지는 물론이고
> 문구의 형들도 학살당했다.(125쪽)

위의 인용문에서 보는 것처럼 이념 대립이 극한으로 치달은 해방
직후 아무렇지 않게 가입한 단체나 별 생각 없이 남긴 서명 때문에 가
족이 몰살하거나 평생을 감시 속에서 산 사람들이 많았다. 이것은 제
도적으로 인간을 불구로 몰아가는 것이다. 위의 인용문처럼 아버지의
선택에 따라 그 가족은 신체적인 불구보다 더 선택적인 한계 내에서
불구의 삶을 살아야 했다. 작품 속의 문구는 그 한계를 극복하기 위해
서는 그 한계 내에서의 삶을 선택할 수밖에 없다는 인식 아래, 작가가
되기로 하고 김동리 선생님을 찾아 서라벌예대를 택했다.

문구는 그 범위 안에서 최선의 삶을 살았다. 이념적 대립에서 오는
제도적 불합리를 문구처럼 극복하기보다는, 제도를 수정하고 새로운
것으로 뜯어고치기 위해서 평생 투쟁적인 삶을 사는 사람도 있지만,
그 제도를 초월해 그 제도의 테두리 밖에서 완벽한 삶을 선택한 사람

이 문구이다. 그는 오직 작가가 되기 위해서만 최선의 삶을 살았고 결국 성공했다.

> 방학을 맞아, 믿을 만한 작가들의 초기 단편을 놓고 주제와 소재를 어떻게 다뤘는지를 공부했다. 창작은 '모방에서 시작한다'라는 것을 상기하면서, 가운뎃손가락에 못이 박이도록 필사했다. 소설 장르가 가진 특성이 이해되었고 작가마다 공식이 다른 지점이 보였다. 궁극에 가서는 자기 밭을 일구어 나가야 한다는 점을 깨닫고 익숙한 것에서 글의 소재를 찾기로 했다.
> 보령의 이웃들을 소설에 등장시켜서 그들의 '입말'로 대화를 진행하는 형식으로 단편을 써서 친구에게 읽혔다. 해학적이고 유머러스하다는 평을 들었다. 소설의 본령은 '재미'라고 배웠으니 일단은 팔부 능선에는 오른 셈이었다.(129쪽)

위의 인용문에서처럼 문구의 삶의 행보는 전혀 결핍감 없는 작가로서의 최선의 노력을 보여준다. 그러함에도 신춘문예에 당선되지 않자, 이문구라는 보석을 볼 줄 아는 김동리 선생이 불렀다. 글을 다듬어 가져오라고 한다.

> 한 달간 글에만 전념해보자고 작심하고 해인사로 갔다.
> '하루에 한 편씩, 삼십 편을 쓰고 말 겨.'
> 잉크병을 등잔으로 개조해서 밤을 낮 삼아 원고지와 씨름했지만 하루에 한 편씩 쓰기는 쉽지 않았다. 어쩌다 글이 좀 풀려서 일필휘지로 써내려간 적도 있긴 했지만, 대부분은 거푸집 비슷하게 원고

매수만 채웠다.

　열하루째 되는 즈음, 그날은 글이 잘 풀려서 「다갈라 불망비」라고 제목을 달자마자 단숨에 원고지 팔십 매를 채웠다. 이튿날 맑은 정신으로 퇴고를 한 다음 김동리 선생께 우송하였다. 그 작품이 1965년, 『현대문학』에 초회 추천되었고 이듬해 「백결」이 추천 완료되어 문구는 작가로 데뷔하였다.(131쪽)

　위의 인용문을 보면 문구의 능력도 능력이지만 글에 자신을 온전히 내던지는 모습이 인상적이다. 삶에 있어서 가장 중요한 것은 실존을 유지해주는 것이다. 문구는 고향인 관촌 마을 사람들을 한 명 한 명 떠올리며 인물화해『관촌수필』을 출판하고, 이어서 창작집을 계속 냈으며,『매월당 김시습』이 20만 부 팔리면서, 최고의 작가 대열에 올랐다.

　문구가 작가가 되기로 선택한 것은 글쓰기가 자신의 실존 속에서 완벽한 본성으로 감지되었기 때문이다. 지치지 않고 해낼 자신이 있었기 때문일 것이다. 제도 속에서의 장애와 결핍은 문구의 글쓰기와는 상관없다. 문구의 글쓰기는 초제도적인 것이다. 문구는 자신의 실존 안에서 완벽한 인간이다. 선과 악이라는 것도 자연적인 실체가 아니라 우리의 관념이듯이, 문구가 제한받고 있는 불합리한 규제 역시 관념인 것이다. 문구는 자신이 좋아하는 것을 선택한 것이 아니라 이상적 인식, 즉 제도 안에서 자신의 원하는 삶을 선택했다. 그것을 통해서 능동적인 삶을 산 것이다.

3. 참된 긍정을 통한 자기 서사

「대중 속으로 들어간 원효」는 원효라는 익히 아는 인물을 내세운 작품이다. 원효는 평범한 인간이 느끼는 기쁨과 슬픔이라는 굴곡진 감정보다는 평정, 흔들리지 않은 평심, 중용을 유지하는 인물로 다루어진다. 작가는 이러한 인물을 선택하여 마음의 평정을 통해 자신의 내면을 응시함으로써 그것 가운데서 진리를 끌어내었다.

> 창공으로 날아가는 갈매기의 날갯짓을 무심하게 바라보는데, 의상이 다가왔다.
> "항해하기에 더없이 좋은 날씨입니다, 스님."
> 의상의 목소리는 밝고 차분했다. 원효는 갈매기를 좇던 눈길을 거두지 않고 조용히 입을 열었다.
> "삼계가 오직 마음이요, 만법은 오직 인식일 뿐인 것을, 마음 안에 법이 있는데 어찌 따로 구할 것이 있을까!"
> 의상이 의구심이 이는 낯빛으로 원효를 바라보았다.
> "당에 있는 것이, 신라에는 없을꼬!"
> 의상이 아, 하고 짧은 탄성을 뱉었다. 아주 천천히 고개를 끄덕이면서 생각하던 의상이 물었다.
> "당나라에 진리가 있다면 그것이 왜 신라에는 없겠느냐, 그런 뜻이지요, 스님?"
> 원효는 잔잔한 미소로 대답을 대신했다. (179쪽)

위의 인용문에 나오는 '삼계가 오직 마음이요'는 천지 만물, 즉 우리 자신이 마음이라는 뜻이다. 이것은 스피노자가 얘기한 우주의 질서가 바로 신이라는 말과 같다. 우주의 질서가 만물의 질서이니, 만물은 우주의 질서를 따라야 한다는 것이다. 마음은 우주의 질서를 따라야 참 마음이 생긴다는 말이다. 당에 진리가 있다면 신라에는 진리가 왜 없겠느냐, 당에까지 가서 진리를 찾을 것이 아니라 신라에도 있는 진리를 신라에서도 찾을 수 있다는 것이 핵심 내용이다. 결국 진리를 찾기 위해 동반하기로 한 의상은 당나라로 갔고 원효는 남았다. 원효는 자신 속에 일어나는 회의를 화두로 마음의 평정을 찾고 그것을 기초로 다음 문제를 하나씩 풀어나갔다.

> 진속일여(眞俗一如) 염정불이(染淨不二), 즉 진과 속이 별개의 것이 아니며 더러움과 깨끗함이 둘이 아니다. 깨달음의 세계에 이른 자는 아직 염오한 단계에 있는 중생을 이끌어가야 한다.(189쪽)

이렇게 깨달음을 얻은 원효는 여염을 돌아다니며 아무 데서나 자고, 광대들과 어울려 춤을 추며, 엑스터시를 통해 해탈을 느꼈다. 진리의 길은 이 길 저 길 한 가지만 있는 것이 아니라, 모든 곳에는 길이 있다는 것이다. 이 과정 중에 요석공주와의 인연과 설총 에피소드가 있다. 원효는 진리를 찾기 위해서는 한곳에 머무르지 않고 끊임없이 떠남으로써 제 길을 찾은 것이다.

스피노자는 우리 삶에 대한 참된 긍정은 인간을 자연 안의 한 변용으로, 즉 인간의 감정과 같은 것들을 이성적으로 다루는 방식 속에서만 얻어질 수 있다고 했다. 원효가 마음의 평정을 통해 하나하나씩 자기 진리를 해결해 나간 것은 자신의 마음뿐 아니라, 만물과 부딪치며 느끼는 감정을 이성적으로 분석, 진리를 꿰뚫어 새로운 진리를 획득했기 때문이다.

李德和 | 평택대학교 명예교수

아모르 파티

Amor
Fati

김세인 소설집

푸른사상 소설선